AF599651

Los crímenes de la calle Morgue y otros relatos

Los crímenes de la calle Morgue y otros relatos

Edgar Allan Poe

TRADUCCIÓN: BENJAMIN BRIGGENT

© Plutón Ediciones X, s. l., 2015

Novena Edición: 2025

Diseño de cubierta: Alejandro Díaz
Maquetación: Saul Rojas

Edita: Plutón Ediciones X, s. l.,

E-mail: contacto@plutonediciones.com
http://www.plutonediciones.com

Queda rigurosamente prohibida, sin la autorización escrita de los titulares del «Copyright», bajo las sanciones establecidas en las leyes, la reproducción parcial o total de esta obra por cualquier medio o procedimiento, comprendidos la reprografía y el tratamiento informático, y la distribución de ejemplares de ella mediante alquiler o préstamo públicos.

I.S.B.N anterior: 978-84-15089-69-8

I.S.B.N: 979-13-87952-03-7
Depósito Legal: B-19074-2025

Impreso en España / Printed in Spain

Estudio preliminar

Presentamos al lector, tal como hicimos con *El Gato Negro y otros relatos*, varias historias, cuentos o relatos extraordinarios del bostoniano Edgar Allan Poe (1809-1849), uno de los pioneros de la literatura fantástica, de terror y policiaca. Tres géneros literarios para un solo autor y en cuanto a la primera, compartido con el alemán Ernst Theodor Amadeus Hoffman (1776-1822). Poe alternaba con un temperamento altamente sensible por lo maravilloso y horrible, un gusto minucioso por la lógica y la exactitud científica.

Los crímenes de la calle Morgue ha sido considerado con toda justicia el relato fundacional del género policiaco que continuaría con *El misterio de Marie Rogêt* y *La carta robada* (consignada en esta antología), todos ellos protagonizados por el magnífico personaje-detective-aficionado *Auguste Dupin*, claro antecedente de Sherlock Holmes y el doctor Watson de Arthur Conan Doyle.

En él se ofrecen diversas novedades que marcarán las claves de su posterior desarrollo y extraordinario éxito entre el público: la creación de la figura del *detective aficionado*, provisto de una inteligencia analítica y deductiva que le permite resolver los casos más difíciles, la creación de un personaje secundario, amigo del detective (en este caso un *alter-ego* del propio Poe) que cumple el papel de cronista de sus hazañas y de persona *normal* y la caracterización del cuerpo de policía como institución rutinaria y adocenada, incapaz de enfrentarse con éxito a los casos extraordinarios, la invención del crimen irresoluble en apariencia, fuera de toda lógica, pero que será resuelto con extraordinaria brillantez, gracias a la sagacidad fuera de lo común del detective y finalmente, la creación de uno de los argumentos clásicos del género: *el enigma de la habitación cerrada* (y como antesala del relato policial y de terror puro, no debe olvidarse *La caída de la casa Usher*).

En *La carta robada* no asistimos al desciframiento de un crimen, ni al descubrimiento del asesino, sino que la capacidad de deducción de Dupin hará de lo difícil lo más fácil y descubrirá inapelablemente las artimañas del ladrón. También se pone en evidencia la estulticia del prefecto de policía parisina y el tono satírico y jocoso del propio Poe.

Con el *Manuscrito hallado en una botella* inició Poe su carrera literaria. Con este relato ganó el primer premio de un concurso literario en Baltimore y le abrió las puertas a un puesto de redactor en el *Southern Literary Messenger* y a otras revistas y periódicos, tanto como crítico, redactor y autor. De tema marinero, en él se recrea con tétricos acentos la odisea del *Buque fantasma*, ambiente marinero que se repetirá en *Un descenso en el Maelström* y en la narración de *Arthur Gordon Pym*.

El retrato oval es una pequeña narración en la que nos atrae y conmueve la desgraciada trayectoria de la protagonista femenina.

Finalmente *Silencio* es un relato realmente diabólico. Pocos autores del romanticismo están como Poe tan identificados como los personajes que pintan. En él encontramos autobiografía a cada paso. No importa que lo narrado sea fantástico, monstruoso, deforme, engendro de pesadilla. En cualquier instante alguno de los fantasmagóricos personajes nos deja ver la cara alucinante de Edgar Allan Poe.

Valoración final

Edgar Allan Poe designó como su albacea literario al reverendo Rufus W. Griswold, que a la muerte del escritor en trágicas circunstancias, le hizo traición despachándose a gusto con una necrológica infamante publicada en el *New York Tribune*. Un artículo envenenado en que calificaba a Poe como una persona irritable, envidiosa, inmoral, viciosa, soberbia, sin honor... Por culpa de ello, la opinión pública de la puritana América fue relegando al escritor al olvido, que terminó siendo considerado un autor de segunda fila, borracho, inestable y delirante y sus obras calificadas de impías y depravadas.

Tuvo que ser en Francia donde se inició la recuperación de su memoria y hacer justicia a sus méritos, gracias a la vindicación realizada por sus traductores al francés, Mallarmé y Baudelaire, quien se preguntaban: ¿No existe quizás en

América una ley que prohíba entrar los perros en los cementerios?

Un paisano de Poe, Howard Phillips Lovecraft (1890-1937), espíritu tan agitado como aquél, confesó siempre que su primer y principal modelo fue Edgar Allan Poe.

Estas narraciones, relatos o cuentos para mayores, no necesitan ninguna ayuda para su lectura, basta con sumergirse en ellas para caer subyugado en la fascinación de sus argumentos. Una lectura que además de cumplir la premisa exigible a la alta lectura: entretener, conmover, inquietar, constituye una muestra sublime de estilo y prodigio fértil de imaginación.

El malogrado escritor escribió:

"De todos los temas tristes ¿cuál, según el concepto general de la humanidad, es el más triste? La respuesta es evidente: la muerte. Y, ¿cuándo el más triste de los temas es el más poético? Cuando se alía con la belleza, por tanto, la muerte de una mujer hermosa es sin duda el tema más poético que pueda darse en el mundo" (palabras que bien pueden aplicarse a *El retrato oval*).

Y en otra ocasión manifestó:

"Las facultades analíticas son, para quien las posee en grado extraordinario, una fuente de los más vivos goces. Los resultados, hábilmente deducidos por el alma y la esencia de su método presentan realmente el carácter de una intuición" (Aplicable a sus historias policiacas).

Y finalmente, sobre su estética literaria manifestó:

"Si una obra literaria es demasiado larga para ser leída de una sola vez, es preciso resignarse a perder el importantísimo efecto que se deriva de la unidad de impresión, ya que si la lectura se hace en dos veces, las actividades mundanas interfieren destruyendo al punto toda totalidad. Parece evidente pues, que en toda obra literaria se impone un límite preciso en lo que concierne a su extensión; el límite de una sola sesión de lectura".

Poe abogaba pues por las narraciones cortas o no muy largas en las que el lector se viera inmerso desde el primer momento en la fantasía, psicología y profundidad de argumento con unos protagonistas subyugantes, auténticos titanes con sus virtudes y defectos en lo que se viera reflejado él mismo.

Los crímenes de la calle Morgue

Las condiciones mentales que suelen tenerse por analíticas son, en sí mismas, poco dispuestas al análisis. Las consideramos tan solo por sus efectos. De ellas sabemos, entre otras cosas, que son siempre, para el que las posee, cuando se poseen en grado superlativo, una fuente de grandísimos deleites. Del mismo modo que el hombre fuerte disfruta con su habilidad física, gozando con ciertos ejercicios que ponen sus músculos en acción, el analista se complace con esa actividad intelectual que se ejerce en el hecho de *desentrañar.* Consigue satisfacción hasta de las más nimias ocupaciones que ponen en juego su intelecto. Se desvive por los enigmas, acertijos y jeroglíficos, y en cada una de las soluciones muestra un sentido de *agudeza* que a la gente común le parece una manifestación sobrenatural. Los resultados, conseguidos por un solo espíritu y la esencia del método, adquieren realmente la completa apariencia de una intuición.

Esta facultad de resolución está, probablemente, muy fortalecida por los estudios matemáticos, y sobre todo por esa importantísima rama de ellos que, impropiamente y solo teniendo en cuenta sus operaciones previas, ha sido denominada *par excellence* análisis. Y, sin embargo, calcular no es esencialmente analizar. Un jugador de ajedrez, por ejemplo, lleva a cabo lo uno sin esforzarse en lo otro. De esto se infiere que el juego de ajedrez, en sus efectos sobre el carácter mental, no está lo suficientemente comprendido. Yo no voy ahora a escribir un tratado, sino que prologo tan solo un relato muy sorprendente, con observaciones realizadas a la ligera. Aprovecharé, de esta forma, esta ocasión para asegurar que las facultades principales de la inteligencia reflexiva trabajan con mayor decisión y provecho en el sencillo juego de damas que en toda esa frivolidad esmerada del ajedrez. En este último, donde las piezas tienen diferentes y esforzados movimientos, con diferentes y variables valores, lo que tan solo es complicado es, equivocadamente, confundido —error muy común— con lo profundo. La *atención,* aquí, es poderosamente puesta en juego. Si flaquea un solo momento, cae en un error, cuyos resultados acarrean pérdida o derrota. Como sea que los movimientos posibles no son solamente variados, sino complicados, las posibilidades de estos descuidos aumentan; de cada diez casos, en nueve triunfa el jugador más capaz de concentración y no el más sagaz. En el juego de damas, por el contrario, donde los movimientos son *únicos* y de muy poca variación, las posibilidades de descuido son menores, y como la atención queda relativamente distraída, las ventajas que consigue cada una de las partes se logran por una *sagacidad* mayor. Para ser menos abstractos pensemos, por ejemplo, en un juego de damas cuyas piezas se han reducido a cuatro reinas y donde no es posible el fallo. Evidentemente, en este caso la victoria —hallándose los jugadores en igualdad de condiciones— puede decidirse en virtud de un movimiento *recherché* resultante de un determinado esfuerzo de la inteligencia. Privado de los recursos ordinarios, el analista consigue penetrar en el pensamiento de su contrario; por tanto, se identifica con él, y con frecuencia descubre de una ojeada el único medio —a veces, en realidad, ilógicamente sencillo— que puede acarrearle una equivocación o llevarlo a un cálculo erróneo.

Desde hace mucho tiempo se conoce el *whist*[1] por su influencia sobre la facultad calculadora, y hombres de gran inteligencia han experimentado en él un placer aparentemente inexplicable, mientras abandonaban el ajedrez como una bagatela. No hay duda de que no se encuentra ningún juego parecido que haga trabajar tanto la facultad analítica. El mejor jugador de ajedrez del mundo solo puede ser poco más que el mejor jugador de ajedrez; pero la habilidad en el *whist* trae consigo capacidad para el triunfo en todos los demás importantes proyectos en los que la inteligencia se enfrenta con la inteligencia. Cuando considero habilidad, me refiero a esa perfección en el juego que trae consigo una comprensión de *todas* las fuentes de donde se deriva una legítima ventaja. Estas fuentes no solo son diversas, sino también multiformes. Se encuentran a menudo en lo más escondido del pensamiento, y son por completo vedadas para las inteligencias ordinarias. Observar con atención es recordar distintamente. Y desde este punto de vista, el jugador de ajedrez capaz de profunda concentración jugará muy bien al *whist*, puesto que

1 Whist: juego de naipes.

las reglas de Hoyle, basadas en el puro mecanismo del juego, le bastan y, por lo general, resultan comprensibles. Por esto, el estar dotado de una buena memoria y jugar de acuerdo con «el libro» son, por lo general, puntos considerados como la suma total del jugar excelentemente. Pero en los casos que se hallan fuera de los límites de la pura regla es donde se descubre la sapiencia del analista. En silencio, realiza una porción de observaciones y deducciones. Quizá, sus compañeros realizarán otro tanto, y la diferencia en la extensión de la información obtenida no se basará tanto en la validez de la deducción como en la calidad de la observación. Lo importante es deducir *lo que debe* ser deducido. Nuestro jugador no se reduce únicamente al juego, y aunque este sea el objeto de su atención, habrá de prescindir de determinadas observaciones originadas al considerar objetos ajenos al juego. Examina la fisonomía de su compañero, y la compara minuciosamente con la de cada uno de sus adversarios. Se fija en la forma de distribuir las cartas a cada mano, con frecuencia calculando triunfo por triunfo y tanto por tanto observando las miradas de los jugadores a su juego. Percibe cada una de las variaciones de los rostros a medida que avanza el juego, recogiendo gran cantidad de información por las diferencias que observa en las distintas expresiones de seguridad, sorpresa, triunfo o desagrado. En la manera de recoger una baza piensa si la misma persona podrá hacer la siguiente. Adivina la carta jugada en el gesto con que se deja sobre la mesa. Una palabra casual o involuntaria; la forma accidental con que cae o se vuelve una carta, con el nerviosismo o la indiferencia que acompañan la acción de evitar que sea descubierta; la cuenta de las bazas y el orden de su colocación; el asombro, la vacilación, el fervor o el miedo, todo ello allana su aparentemente intuitiva percepción, indicaciones del verdadero estado de cosas. Cuando se han dado las dos o tres primeras vueltas, conoce completamente los juegos de cada uno, y desde aquel momento echa sus cartas con tal absoluto dominio de objetivos como si el resto de los jugadores las tuvieran boca arriba.

El poder analítico no debe confundirse con el simple ingenio, porque mientras el analista es necesariamente ingenioso, el individuo ingenioso se halla a menudo notablemente incapacitado para el análisis. La facultad constructiva o de combinación con que por lo general refleja el ingenio, y a la que los frenólogos, equivocadamente, en mi opinión, asignan un órgano aparte, suponiendo que se trata de una facultad primordial, se ha visto con frecuencia en individuos cuya inteligencia lindaba, por otra parte, con la idiotez, que ha atraído la atención general de los escritores de temas éticos. Entre el ingenio y la aptitud analítica hay una diferencia mucho mayor, ciertamente, que entre la fantasía y la imaginación, aunque de un carácter rigurosamente análogo. En realidad, se observará con facilidad que el individuo ingenioso es siempre fantástico, mientras que el *auténtico* imaginativo jamás deja de ser analítico.

El relato que sigue a continuación podrá servir en cierto modo al lector para ilustrarle en una interpretación de las premisas que acabo de anticipar.

Hallándome en París durante la primavera y parte del verano de 18... conocí allí a Monsieur C. Auguste Dupin. Pertenecía este joven caballero a una excelente, o, mejor dicho, ilustre familia, pero por una serie de nefastos sucesos se había quedado reducido a tal pobreza, que sucumbió la energía de su carácter y venció a sus ambiciones mundanas, al igual que a intentar el restablecimiento de su fortuna. Con el beneplácito de sus acreedores, quedó todavía dueño de una pequeña parte de su patrimonio, y con la renta que este le producía halló el medio, gracias a una estricta economía, de sostener las necesidades de su vida, sin preocuparse en absoluto por lo más superfluo. En realidad, su único lujo eran los libros, y en París estos son fáciles de conseguir.

Nuestro encuentro tuvo efecto en una oscura biblioteca de la *rue* Montmartre, donde nos puso en estrecha intimidad la coincidencia de buscar los dos un muy raro y al mismo tiempo valioso volumen. Nos vimos con frecuencia. Yo me había interesado vivamente por la sencilla historia de su familia, que me contó detalladamente con toda la ingenuidad con que un francés se explaya en sus confesiones cuando habla de sí mismo. Por otra parte, me admiraba el número de sus lecturas, y, en especial, me llegaba al alma el ferviente afán y la viva frescura de su imaginación. La índole de las investigaciones que me ocupaban entonces en París me hizo comprender que la amistad de un hombre semejante era para mí un incalculable tesoro. Con esta idea, me confié francamente a él. Por último, acordamos que viviríamos juntos todo el tiempo que durase mi permanencia en la ciudad, y como mis asuntos económicos se desenvolvían con menos trabas que los suyos, me fue permitido participar en los gastos de alquiler, y amueblar, de acuerdo con el carácter algo fantástico y melancólico de nuestro común temperamento, una vieja y grotesca casa abandonada hacía ya mucho tiempo, a causa de ciertas supersticiones que no deseamos averiguar. Lo cierto es que la casa se estremecía como si fuera a resquebrajarse en un retirado y desolado rincón del *faubourg* Saint-Germain.

Si hubiera sido conocida por los vecinos la rutina de nuestra vida en aquel lugar, nos hubieran tomado por dementes, aunque de carácter inofensivo. Nuestra reclusión era total. No recibíamos visita alguna. En realidad, el lugar de nuestro retiro era un secreto guardado cuidadosamente para mis antiguos camaradas, y ya hacía mucho tiempo que Dupin había dejado de frecuentar o hacerse visible en París. Vivíamos únicamente para nosotros.

Una extravagancia del carácter de mi amigo —no sé cómo calificarla de otra forma— consistía en estar enamorado de la noche. Pero con esta peculiaridad, como con todas las demás suyas, transigía yo tranquilamente, y me entregaba a sus excéntricos caprichos con un perfecto abandono. No siempre podía estar con nosotros la negra divinidad, pero sí podíamos falsear su presencia. En cuanto clareaba, cerrábamos enseguida los macizos portones de nuestra vieja casa y encendíamos un par de bujías intensamente perfumadas y que solo producían un lívido y débil resplandor, bajo el cual entregábamos nuestras almas a sus fantasías, leíamos, escribíamos o conversábamos, hasta que el reloj nos advertía la llegada de la auténtica oscuridad. Salíamos entonces cogidos del brazo a pasear por las calles, continuando la conversación del día y dando vueltas a troche y moche hasta muy tarde, buscando a través de las esperpénticas luces y sombras de la populosa ciudad esas innumerables excitaciones mentales que no puede procurar la tranquila observación.

En tales circunstancias, yo no podía menos de notar y admirar en Dupin (aunque ya, por la rica imaginación de que estaba dotado, me sentía preparado a aguardarlo) un talento particularmente analítico. Por otra parte, parecía complacerse intensamente en ejercerlo (si no exactamente en hacer alarde), y no vacilaba en confesar el placer que ello le producía. Se vanagloriaba ante mí con sorna de que muchos individuos, para él, llevaban ventanas en el pecho, y acostumbraba a apoyar tales afirmaciones usando pruebas muy sorprendentes y directas de su íntimo conocimiento de mí. En esos momentos, sus actitudes eran glaciales y abstraídas. Se quedaban sus ojos en blanco, mientras su voz, con frecuencia ricamente atenorada, se elevaba hasta un timbre atiplado, que hubiera parecido petulante de no ser por la ponderada y total claridad de su pronunciación. Muchas veces, viéndolo en tales disposiciones de ánimo, meditaba yo sobre la antigua filosofía del Alma Doble, y me divertía la idea de un doble Dupin: el creador y el analítico.

Por cuanto acabo de relatar, no hay que creer que estoy narrando algún misterio o escribiendo una novela. Mis observaciones a propósito de este francés no son más que el resultado de una inteligencia excitada o quizás enfermiza. Un ejemplo dará mejor idea de la naturaleza de sus observaciones durante la época a la que me refiero.

Íbamos una noche paseando por una calle larga y descuidada, cercana al *Palais Royal*. Al parecer, cada uno de nosotros se había sumido en sus propios pensamientos, y por lo menos durante quince minutos ninguno balbució una sola sílaba. De repente, Dupin rompió el silencio con este comentario:

—Ciertamente, ese muchacho es demasiado pequeño y estaría mejor en el *Théâtre des Variétés.*

—No cabe duda —repliqué, sin fijarme en lo que decía y sin observar en aquel instante, tan absorto había estado en mis reflexiones, el modo extraordinario con que mi interlocutor había hecho coincidir sus palabras con mis meditaciones.

Un momento después me repuse y experimenté un extraordinario asombro.

—Dupin —dije gravemente—, lo que ha ocurrido excede mi comprensión. No vacilo en manifestar que estoy perplejo y que apenas puedo dar crédito a lo que he oído. ¿Cómo es posible que haya usted podido adivinar que estaba pensando en...?

Diciendo esto, me interrumpí para asegurarme, ya sin ninguna duda, de que él sabía exactamente en quién pensaba.

—¿En Chantilly? —preguntó—. ¿Por qué se ha interrumpido? Usted pensaba que su escasa estatura no era la adecuada para dedicarse a la tragedia.

Esto era precisamente lo que había constituido el tema de mis deducciones. Chantilly era un exzapatero remendón de la *rue* Saint Denis que, apasionado por el teatro, había representado el papel de Jeries en la tragedia de Crebillon de este título. Pero sus esfuerzos habían traído consigo la mofa del público.

—Dígame usted, por Dios —exclamé—, por qué método, si es que existe alguno, ha penetrado usted en mi alma en este caso.

Ciertamente, estaba yo mucho más asombrado de lo que hubiese deseado confesar.

—Ha sido el vendedor de frutas —contestó mi amigo— quien le ha llevado a usted a la conclusión de que el remendón de suelas no tiene bastante altura para representar el papel de Jerjes *et id genus omne*[2].

—¿El vendedor de frutas? Me asombra usted. No conozco a ninguno.

—Sí, es ese hombre con quien ha tropezado usted al entrar en esta calle, hará unos quince minutos.

Recordé entonces que era verdad. Un vendedor de frutas, que llevaba sobre la cabeza una gran canasta de manzanas, me hizo tambalear, sin pretenderlo, cuando pasábamos de la calle C... a la callejuela en la que ahora estábamos. Pero yo no podía entender la relación de este accidente con Chantilly.

No había por qué suponer *charlatanerie* alguna en Dupin.

—Se lo explicaré —me dijo—. Para que pueda usted caer en la cuenta de todo claramente, vamos a repasar primero en sentido inverso el camino de sus meditaciones desde este instante en que le estoy hablando hasta el de su encuentro con el vendedor de frutas. En sentido inverso, los más importantes eslabones de la cadena se suceden de esta forma: Chantilly, Orión, doctor Nichols, Epicuro, estereotomía de los adoquines y el vendedor de frutas.

2 Ni para ninguno de su género.

Hay pocas personas que no se hayan entretenido, en cualquier instante de su vida, en recorrer al revés las etapas por las cuales han sido conseguidas ciertas conclusiones de su inteligencia. A menudo es una ocupación llena de interés, y el que la prueba por primera vez se asombra de la aparente distancia ilimitada y de la falta de ilación que parece existir desde el punto de partida hasta la meta final. Júzguese, pues, cuál no sería mi sorpresa cuando escuché lo que el francés acababa de decir, y no pude menos de reconocer que había dicho la verdad. Siguió después de esta manera:

—Si mal no recuerdo, en el instante en que íbamos a dejar la calle C... hablábamos de caballos. Este era el último tema que discutimos. Al entrar en esta calle, un vendedor de frutas que llevaba una gran canasta sobre la cabeza, pasó con rapidez ante nosotros y lo empujó a usted contra un montón de adoquines, en un lugar donde la calzada se encuentra en reparación. Usted puso el pie sobre una de las piedras sueltas, resbaló y se torció levemente el tobillo. Se reflejó en usted cierto fastidio o mal humor, murmuró unas palabras, se volvió para observar el montón de adoquines y siguió después caminando en silencio. Yo no prestaba singular atención a lo que usted hacía, pero, desde hace mucho tiempo, la observación se ha convertido para mí en una especie de urgencia.

»Caminaba usted con los ojos fijos en el suelo, mirando, con expresión de enfado, los baches y rodadas del empedrado, por lo que concluí que continuaba usted pensando todavía en las piedras. Se condujo así hasta que llegamos a la callejuela llamada Lamartine, que, a modo de ensayo, ha sido pavimentada con tarugos sobrepuestos y acoplados sólidamente. Al entrar en ella, su rostro se iluminó, y percibí que se movían sus labios. Por este movimiento no me fue posible dudar que pronunciaba usted la palabra «estereotomía», cualidad que tan afectadamente se aplica a esta clase de pavimentación. Yo estaba seguro de que usted no podía pronunciar para sí la palabra «estereotomía» sin que esto le llevara a pensar en los átomos, y, por consiguiente, en las teorías de Epicuro. Y como quiera que no hace mucho rato discutíamos este tema, le hice notar a usted de qué manera tan fácil, y sin que ello haya sido muy percibido, las vagas conjeturas de ese noble griego han encontrado en la reciente cosmogonía nebular su confirmación. Me he dado cuenta por esto que no podía usted resistir a la tentación de levantar sus ojos a la gran constelación de Orión, y con toda seguridad he esperado que usted lo hiciera. En efecto, usted ha mirado a lo alto, y he adquirido entonces la certeza de haber seguido sin equivocarse el hilo de sus pensamientos. Ahora bien, en la amarga *tirada* sobre Chantilly, publicada ayer en el *Musée,* el escritor satírico, haciendo mortificantes alusiones al cambio de nombre del zapatero al calzarse el coturno, citaba un verso latino del que hemos hablado nosotros a menudo. Me refiero a este:

Perdidit antiquum litera prima sonum[3].

»Yo le había dicho a usted que este verso se relacionaba con la palabra Orión, que en un principio se escribía Urión. Además, por determinadas discusiones un tanto apasionadas que tuvimos acerca de mi interpretación, tuve la certeza de

3 La primera letra perdió su antiguo sonido.

que usted no la habría olvidado. Por tanto, estaba claro que asociaría usted las dos ideas: Orión y Chantilly, y esto lo he comprendido por la forma de la sonrisa que he visto en sus labios. Ha pensado usted, pues, en aquella inmolación del pobre zapatero. Hasta ese instante, usted había caminado con el cuerpo encorvado, pero a partir de entonces se irguió usted, recobrando toda su estatura. Este movimiento me ha confirmado que pensaba usted en la pequeña figura de Chantilly, y ha sido entonces cuando he interrumpido sus meditaciones para observar que, por tratarse de un hombre de baja estatura, estaría mejor Chantilly en el *Théâtre des Variétés*.

Más tarde de esta conversación hojeábamos una edición vespertina de la *Gazette des Tribunaux* cuando llamaron nuestra atención los siguientes titulares:

«EXTRAORDINARIOS CRÍMENES

»Esta madrugada, alrededor de las tres, los habitantes del *quartier* Saint-Roch fueron despertados por una serie de horribles gritos que parecían venir del cuarto piso de una casa de la *rue* Morgue, ocupada, según se dice, por una tal Madame L'Espanaye y su hija Mademoiselle Camille L'Espanaye. Después de algún tiempo empleado en infructuosos esfuerzos para poder penetrar sin violencia en la casa, se forzó la puerta de entrada mediante una palanca de hierro, y entraron ocho o diez vecinos acompañados de dos *gendarmes*. En ese instante cesaron los gritos; pero en cuanto aquellas personas alcanzaron con rapidez el primer rellano de la escalera, se percibieron dos o más voces ásperas que parecían disputar violentamente y proceder de la parte alta de la casa. Cuando la gente llegó al segundo rellano, cesaron también aquellos rumores y todo permaneció en absoluto silencio. Los vecinos recorrieron todas las habitaciones precipitadamente. Al llegar, finalmente, a una gran sala situada en la parte posterior del cuarto piso, cuya puerta hubo de ser forzada, por estar cerrada interiormente con llave, se ofreció a los presentes un espectáculo que sobrecogió su ánimo, no solo de espanto, sino de asombro.

»Se encontraba la habitación en violento desorden, destrozados los muebles y esparcidos en todas direcciones. No quedaba más lecho que la armadura de una cama, cuyas partes habían sido arrancadas y desparramadas por el suelo. Sobre una silla se encontró una navaja barbera manchada de sangre. Había en la chimenea dos o tres largos y abundantes mechones de pelo cano, empapados en sangre y que parecían haber sido arrancados de cuajo. En el suelo se encontraron cuatro napoleones, un zarcillo adornado con un topacio, tres grandes cucharas de plata, tres cucharillas de *metal d'Alger* y dos sacos, conteniendo alrededor de cuatro mil francos en oro. En un rincón se encontraron los cajones de una cómoda abiertos, y, al parecer, saqueados, aunque quedaban en ellos algunos objetos. Se halló también un cofrecillo de hierro bajo la *cama,* no bajo su armadura. Se encontraba abierto, y la cerradura contenía aún la llave. En el cofre no se encontraron más que unas cuantas cartas mohosas y otros papeles sin valor.

»No se halló rastro alguno de Madame L'Espanaye; pero como quiera que se notase una anormal cantidad de hollín en el hogar, se realizó un reconocimiento de la chimenea, y —horroriza decirlo— se extrajo de ella el cuerpo de su hija, que estaba colocado cabeza abajo y que había sido introducido por la estrecha abertura hasta bastante altura. El cuerpo estaba todavía caliente. Al examinarlo se comprobaron en él numerosos cortes ocasionados sin duda por la violencia con que el cuerpo había sido empotrado allí y por el esfuerzo que hubo de hacerse para sacarlo. En su cara se veían profundos arañazos, y en la garganta, cárdenas magulladuras y profundas huellas producidas por las uñas, como si la muerte hubiera tenido lugar por estrangulación.

»Después de un detenido examen efectuado en todas las habitaciones, sin que se consiguiera ningún nuevo descubrimiento, los presentes se dirigieron a un pequeño patio pavimentado, situado en la parte posterior del edificio, donde descubrieron el cadáver de la anciana señora, con el cuello cortado de tal forma, que la cabeza se desprendió del tronco al levantar el cuerpo. Tanto este como la cabeza estaban tan espantosamente mutilados, que casi no conservaban apariencia humana.

»Que sepamos, no se ha logrado hasta el momento el menor indicio que permita aclarar este horrible misterio.»

El diario del día siguiente ofrecía algunos nuevos detalles:

«LA TRAGEDIA DE LA RUE MORGUE

»Gran número de personas han sido interrogadas con respecto a tan extraordinario y espantoso *affaire* (la palabra *affaire* no tiene todavía en Francia el poco significado que se le da entre nosotros), pero nada ha podido deducirse que arroje alguna luz sobre ello. Damos a continuación todas las declaraciones más importantes que se han conseguido:

»*Pauline Dubourg,* lavandera, declara haber conocido desde hace tres años a las víctimas y haber lavado para ellas durante todo este tiempo. Tanto la madre como la hija parecían vivir en buena relación y profesarse mutuamente un gran afecto. Pagaban con puntualidad. Nada se sabe acerca de su estilo de vida y medios de existencia. Supone que Madame L'Espanaye decía la buenaventura para ganarse el sustento. Tenía fama de poseer algún dinero oculto. Nunca encontró a otras personas en la casa cuando la llamaban para recoger la ropa, ni cuando la devolvía. Estaba totalmente segura de que las señoras no tenían ninguna clase de servidumbre. Excepto en el cuarto piso, no parecía que hubiera muebles en ninguna parte de la casa.

»*Pierre Moreau,* estanquero, declara que es el habitual proveedor de tabaco y de rapé de Madame L'Espanaye desde hace cuatros años. Nació en su vecindad y ha vivido siempre allí. Hacía más de seis años que la muerta y su hija habitaban la casa donde fueron encontrados sus cadáveres. Anteriormente a su estadía, el piso había sido ocupado por un joyero, que alquilaba a su vez las habitaciones interiores a diversas personas. La casa era propiedad de Madame L'Espanaye. Descontenta por los abusos de su inquilino, se había trasladado al inmueble de su propiedad, negándose a alquilar ninguna parte de él. La buena señora chocheaba como consecuencia de la edad. El testigo había visto a su hija unas cinco o seis veces durante los seis años. Las dos llevaban una vida muy retirada, y las habladurías decían que tenían dinero. Entre los vecinos había oído decir que Madame L'Espanaye decía la buenaventura, pero él no lo creía. Nunca había visto atravesar la puerta a nadie, excepto a la señora y a su hija, una o dos voces a un recadero y ocho o diez a un médico.

»En esta misma forma declararon varios vecinos, pero de ninguno de ellos afirmaba que frecuentaran la casa. Tampoco se sabe que la señora y su hija tuvieran parientes vivos. Raramente estaban abiertos los portones de los balcones de la fachada principal. Los de la parte de atrás estaban siempre cerrados, a excepción de las ventanas de la gran sala posterior del cuarto piso. La casa era una finca excelente y no muy entrada en años.

»*Isidore Muset,* gendarme, declara haber sido llamado a la casa a las tres de la madrugada, y cuenta que encontró ante la puerta principal a unas veinte o treinta personas que intentaban entrar en el edificio. Mediante una bayoneta, y no con una barra de hierro, pudo, finalmente, forzar la puerta. No encontró grandes dificultades en abrirla, porque era de dos hojas y carecía de cerrojo y pasador en su parte alta. Hasta que la puerta fue forzada siguieron los gritos, pero después cesaron de golpe. Daban la sensación de ser alaridos de una o varias personas víctimas de una gran angustia. Eran fuertes y prolongados, y no gritos breves y rápidos. El testigo subió rápidamente los escalones. Al llegar al primer rellano, oyó dos voces que disputaban con acritud. Una de estas era áspera, y la otra, aguda, una voz muy extraña. De la primera pudo distinguir algunas palabras, y le pareció francés el que las había pronunciado. Pero, claramente, no era voz de mujer. Distinguió con nitidez las palabras *"sacre"* y *"diable"*. La aguda voz pertenecía a un extranjero, pero el declarante no puede discernir si se trataba de hombre o mujer. No pudo distinguir lo que decían, pero supone que hablasen español. El testigo descubrió el estado de la casa y de los cadáveres como fue descrito ayer por nosotros.

»*Henri Duval,* vecino, y de oficio platero, declara que él formaba parte del grupo que entró en primer lugar en la casa. En términos generales, ratifica la declaración de Muset. En cuanto se abrieron paso, forzando la puerta, la cerraron acto seguido, con objeto de contener a la muchedumbre que se había reunido a pesar de la hora. Este opina que la voz aguda era la de un italiano, y está seguro de que no era la de un francés. No habla el italiano. No consiguió distinguir las palabras, pero, por la entonación que hacía, está convencido de que era un italiano. Conocía a Madame L'Espanaye y a su hija. Con las dos había conversado con frecuencia. Estaba seguro de que la voz no correspondía a ninguna de las dos mujeres.

»*Odenheimer, restaurateur.* Por propia voluntad, el testigo se ofreció a declarar. Como no hablaba francés, fue interrogado haciéndose uso de un intérprete. Es natural de Ámsterdam. Pasaba por delante de la casa en el instante en que se oyeron los gritos. Se detuvo durante algunos minutos, diez quizás. Eran fuertes y prolongados, y producían espanto y desazón. Fue uno de los que entraron en la casa. Ratifica las declaraciones anteriores en todos sus detalles, excepto uno: está seguro de que la voz aguda era la de un hombre, la de un francés. No pudo distinguir con claridad las palabras que había proferido. Estaban pronunciadas en alta voz y rápidamente, con cierta desigualdad, dichas, según suponía, con miedo y con ira al mismo tiempo. La voz era áspera. Realmente, no puede asegurarse que fuese una voz aguda. La voz grave dijo varias veces: *"Sacré"*, *"diable"*, y una sola *"Mon Dieu"*.

»*Jules Mignaud,* banquero, de la casa "Mignaud et Fils", de la *rue* Deloraie. Es el mayor de los Mignaud. Madame L'Espanaye poseía algunos intereses. Había abierto una cuenta corriente en su casa de banca en la primavera del año... (ocho años antes). A menudo había ingresado pequeñas cantidades. No retiró ninguna hasta tres días antes de su muerte. La retiró personalmente, y la suma alcanzaba los cuatro mil francos. La cantidad fue pagada en oro, y se encargó a un dependiente llevarla a su casa.

»*Adolphe Le Bon,* dependiente de la "Banca Mignaud et Fils", declara que en el día de autos, al mediodía, acompañó a Madame L'Espanaye a su domicilio con los cuatro mil francos, distribuidos en dos pequeños sacos. Al abrirse la puerta, apareció Mademoiselle L'Espanaye. Esta cogió uno de los dos, y la anciana señora el otro. Entonces, él saludó y se fue. En aquellos instantes no había nadie en la calle. Era una calle apartada, muy poco concurrida.

»*William Bird,* sastre, declara que fue uno de los que entraron en la casa. Es inglés. Ha vivido dos años en París. Fue uno de los primeros que subieron por la escalera. Oyó voces de pelea. La gruesa era de un francés. Pudo entender algunas palabras, pero ahora no puede recordarlas todas. Escuchó claramente *"sacré"* y *"Mon Dieu"*. Por un momento se produjo un rumor, como si varias personas se enzarzaran. Ruido de riña y forcejeo. La voz aguda era muy potente, más que la grave. Está seguro de que no correspondía a la voz de ningún inglés, sino más bien a la de un alemán. Podía haber sido la de una mujer. No habla alemán.

»Cuatro de los testigos mencionados arriba, nuevamente interrogados, declararon que la puerta de la habitación en la que fue encontrado el cuerpo de Mademoiselle L'Espanaye se encontraba cerrada por dentro cuando el grupo llegó a ella. Todo se hallaba en un silencio total. No se percibían ni gemidos ni ruidos de ninguna clase. Al forzar la puerta, no se vio a nadie. Tanto las ventanas de la parte posterior como las de la fachada estaban cerradas y aseguradas fuertemente por dentro con sus cerrojos respectivos. Entre las dos salas se encontraba también una puerta de comunicación, que estaba cerrada, pero no con llave. La puerta que conducía de la habitación delantera al pasillo se hallaba cerrada por dentro con llave. Una pequeña estancia de la parte delantera del cuarto piso, a la entrada del pasillo, permanecía abierta también, puesto que tenía la puerta semicerrada. En esta sala se amontonaban camas viejas, cofres y objetos de esta especie. No quedó un solo centímetro de la casa sin que hubiese sido registrado con rigor. Se ordenó que tanto por arriba como por abajo se introdujeran deshollinadores por las chimeneas. La casa tenía cuatro pisos, con buhardillas *(mansardes)*. En el techo se veía, fuertemente asegurado, un escotillón, y daba la impresión de no haber sido abierto durante muchos años. Por lo que respecta al intervalo de tiempo sucedido entre las voces que porfiaban y el acto de forzar la puerta del piso, las afirmaciones de los testigos difieren mucho. Unos hablan de tres minutos, y otros amplían este tiempo a cinco. Costó mucho trabajo forzar la puerta.

»*Alfonso García,* empresario de pompas fúnebres, declara que habita en la *rue* Morgue, y que es español. También formaba parte del grupo que entró en la casa. No subió la escalera, porque es muy nervioso y temía los efectos que pudiera causarle la emoción. Oyó las voces que porfiaban. La grave era de un francés. No pudo distinguir las palabras, y está seguro de que la voz aguda era de un inglés. No entiende este idioma, pero se basa en la entonación.

»*Alberto Montan,* confitero, declara haber sido uno de los primeros en subir la escalera. Escuchó las voces citadas. La grave era de un francés. Pudo percibir varias palabras. Parecía como si este individuo reconviniera a otro. En cambio, no pudo entender nada de la voz aguda. Hablaba muy deprisa y de forma entrecortada. Cree que esta voz era la de un ruso. Corrobora también las declaraciones generales. Es italiano. No ha hablado nunca con ningún ruso.

»Interrogados de nuevo algunos testigos, certificaron que las chimeneas de todas las habitaciones del cuarto piso eran demasiado angostas para que permitieran el paso de una persona. Cuando hablaron de "deshollinadores", se refirieron a las escobillas cilíndricas que con ese fin emplean los limpiachimeneas. Las escobillas fueron pasadas de arriba abajo por todos los tubos de la casa. En la parte posterior de esta no hay ninguna trampilla por donde alguien hubiese podido bajar mientras el grupo subía las escaleras. El cuerpo de Mademoiselle L'Espanaye estaba tan fuertemente introducido en la chimenea, que no pudo ser sacado de allí sino con la ayuda de cinco hombres.

»*Paul Dumas,* médico, declara que fue requerido hacia el amanecer para examinar los cadáveres. Yacían entonces los dos sobre las correas de la armadura de la cama, en la habitación donde fue encontrada Mademoiselle L'Espanaye. El cuerpo de la joven estaba muy magullado y lleno de arañazos. Se explican con exactitud estas circunstancias por haber sido empujado hacia arriba en la chimenea. Sobre todo, la garganta presentaba grandes cortes. Tenía también profundos arañazos bajo la barbilla, al lado de una serie de lívidas manchas que eran, con seguridad, impresiones de dedos. El rostro se encontraba espantosamente descolorido, y los ojos fuera de sus órbitas. La lengua había sido mordida y partida parcialmente. Sobre el estómago se descubrió un gran moretón, producido, según se supone, por la presión de una rodilla. Según Monsieur Dumas, Mademoiselle L'Espanaye había sido estrangulada por alguna persona o personas desconocidas. El cuerpo de su madre estaba también espantosamente mutilado. Todos los huesos de la pierna derecha y del brazo aparecían, poco o mucho, rotos. La tibia izquierda, igual que las costillas del mismo lado, estaba hechas astillas. Tenía todo el cuerpo con enormes magulladuras y descolorido. Es imposible certificar cómo fueron producidas aquellas heridas. Quizás un pesado garrote de madera, o una gran barra de hierro —alguna silla—, o una herramienta ancha, pesada y roma, podrían haber producido resultados como aquellos. Pero siempre que hubieran sido manejados por un hombre muy fuerte. Ninguna mujer podría haber causado aquellos golpes con ninguna clase de arma. Cuando el testigo la vio, la cabeza de la muerta estaba totalmente seccionada del cuerpo y, además, destrozada. Con toda seguridad, la garganta había sido cortada con un instrumento afiladísimo, quizás una navaja barbera.

»*Alexandre Etienne,* cirujano, declara haber sido llamado al mismo tiempo que el doctor Dumas, para examinar los cuerpos. Ratificó la declaración y las opiniones de este.

»No han podido conseguirse más detalles importantes en otros interrogatorios. Un crimen tan extraño y tan complicado en todos sus aspectos no había sido cometido nunca en París, en el supuesto de que se trate realmente de un crimen. La Policía carece por completo de rastro, circunstancia rarísima en asuntos de tal naturaleza. Puede asegurarse, pues, que no existe la menor pista.»

En la edición de la tarde, asentía el periódico que reinaba todavía gran excitación en el *quartier* Saint-Roch; que, de nuevo, se habían investigado minuciosamente las circunstancias del crimen, pero que no se había conseguido ningún resultado. A última hora anunciaba una noticia que Adolphe Le Bon había sido detenido y encarcelado, pero ninguna de las circunstancias ya reseñados parecía acusarle.

Dupin demostró estar especialmente interesado en el desarrollo de aquel asunto; cuando menos, así lo deducía yo por su conducta, porque no realizaba ningún comentario. Tan solo después de haber sido encarcelado Le Bon me preguntó mi opinión sobre aquellos asesinatos.

Yo no pude expresarle sino estar de acuerdo con todo el público parisiense, considerando aquel crimen como un misterio indescifrable. No acertaba a ver la manera en que pudiera darse con el asesino.

—Por interrogatorios tan superficiales no podemos juzgar nada con respecto al modo de encontrarlo —dijo Dupin—. La Policía de París, tan elogiada por su *sagacidad,* es astuta, pero nada más. No hay método en sus procedimientos más que el método del momento. Muestran siempre las medidas tomadas, pero con frecuencia sucede que son tan poco adecuadas a los fines propuestos que nos hacen pensar en Monsieur Jourdain pidiendo su *robe de chambre, pour mieux entendre la musique*[4]. A veces no dejan de ser espectaculares los resultados logrados. Pero, en su mayor parte, se logran por mera insistencia y actividad. Cuando resultan ineficaces tales procedimientos, fallan todos sus planes. Vidocq, por ejemplo, era un excelente adivinador y un hombre empecinado; pero como a su inteligencia le faltaba educación, se equivocaba a menudo por la misma intensidad de sus investigaciones. Disminuía el poder de su visión por observar el objeto tan de cerca. Era capaz de ver, quizás, una o dos circunstancias con una poco corriente claridad; pero al hacerlo perdía necesariamente la visión global del asunto. Este puede afirmarse que es el defecto de ser demasiado profundo. La verdad no se halla siempre en el fondo de un pozo. En realidad, yo creo que, en cuanto a lo que más importa saber, es invariablemente superficial. La profundidad se encuentra en los valles donde la buscamos, pero no en las cumbres de las montañas, que es donde la percibimos. Las variedades y orígenes de esta especie de error poseen un excelente ejemplo en la contemplación de los cuerpos celestes. Dirigir a una estrella una rápida ojeada, examinarla oblicuamente, volviendo

4 Bata para oír mejor la música.

hacia ella las partes exteriores de la retina (que son más sensibles a las débiles impresiones de la luz que las anteriores), es contemplar la estrella de manera diferente, obtener la más exacta apreciación de su brillo, brillo que se oscurece a medida que volvemos nuestra visión de lleno hacia ella. En el último caso, caen en los ojos mayor número de rayos, pero en el primero se consigue una receptibilidad más exacta. Con una exagerada profundidad, embrollamos y debilitamos el pensamiento, y aun lo confundimos. Podemos, incluso, lograr que Venus se desvanezca del firmamento si le dirigimos una atención demasiado sostenida, demasiado concentrada o demasiado directa.

»Por lo que respecta a estos asesinatos, examinemos algunas investigaciones por nuestra cuenta, antes de deducir de ellos una opinión. Una investigación como esta nos procurará un buen pasatiempo —a mí me pareció impropia esta última palabra, aplicada al presente caso, pero no dije nada—, y, por otra parte, Le Bon ha comenzado por prestarme un servicio y quiero demostrarle que no soy un desagradecido. Iremos al lugar del suceso y lo examinaremos con nuestros propios ojos. Conozco a G..., el prefecto de Policía, y no me será difícil conseguir el pertinente permiso».

Nos fue concedida la autorización, y nos dirigimos acto seguido a la *rue* Morgue. Es esta una de esas miserables callejuelas que unen la *rue* Richelieu y la de Saint-Roch. Cuando llegamos a ella, eran ya las últimas horas de la tarde, porque este barrio se encuentra situado bastante alejado de aquel en que nosotros vivíamos. Pronto dimos con la casa, aún había frente a ella varias personas mirando con insulsa curiosidad las ventanas cerradas. Era una casa como tantas de París. Poseía una puerta principal, y en uno de sus lados había una casilla de cristales con un bastidor corredizo en la ventanilla, y parecía ser la *loge de concierge*[5]. Antes de entrar nos dirigimos calle arriba, y, torciendo nuevamente, pasamos a la fachada posterior del edificio. Dupin examinó durante todo este rato los alrededores, así como la casa, con una atención tan cuidadosa que me era imposible comprender su finalidad.

Volvimos luego sobre nuestros pasos, y llegamos ante la fachada de la casa. Llamamos a la puerta, y después de enseñar nuestro permiso, los agentes de guardia nos permitieron la entrada. Subimos las escaleras, hasta llegar a la habitación donde había sido descubierto el cuerpo de Mademoiselle L'Espanaye y donde se encontraban todavía los dos cadáveres. Como era habitual, había sido respetado el desorden de la habitación. Nada observé de lo que se había publicado en la *Gazette des Tribunaux*. Dupin lo analizaba todo pormenorizadamente, sin dejar de lado los cuerpos de las víctimas. Pasamos enseguida a otras habitaciones, y bajamos luego al patio. Un *gendarme* nos acompañó a todas partes, y la investigación nos ocupó hasta el atardecer, marchándonos entonces. De vuelta a nuestra casa, mi compañero se detuvo unos minutos en las oficinas de un periódico.

He confesado ya que las rarezas de mi amigo eran muy variadas y que *je les menageais*[6]: esta frase no tiene equivalente en inglés. Hasta el día siguiente, a mediodía, rehusó toda conversación sobre los asesinatos. Entonces me preguntó de

5 Portería.

6 Yo las toleraba.

pronto si yo había observado algo *singular* en el lugar del hecho.

En su forma de pronunciar la palabra «singular» había algo que me produjo un temblor sin saber por qué.

—No, nada de *excepcional* —le dije—; por lo menos, nada más de lo que ya conocemos por el periódico.

—Mucho me temo —me replicó— que la *Gazette* no haya logrado penetrar en el singular horror del asunto. Pero dejemos las tontas opiniones de este papelucho. Yo creo que si este misterio se ha considerado como insoluble, por la misma razón debería de ser fácil de resolver, y me refiero al carácter *outré*[7] de sus circunstancias. La Policía se ha confundido por la ausencia aparente de motivos que justifiquen no el crimen, sino la crueldad con que ha sido cometido. Asimismo, les confunde la aparente imposibilidad de conciliar las voces que se peleaban con la circunstancia de no haber encontrado arriba sino a Mademoiselle L'Espanaye, asesinada, y no hallar la forma de que nadie saliera del piso sin ser visto por las personas que subían por las escaleras. El inusitado desorden de la habitación; el cadáver metido con la cabeza hacia abajo en la chimenea; la mutilación horrible del cuerpo de la anciana, todas estas consideraciones, con las ya descritas y otras no necesarias de explicar, han bastado para paralizar sus facultades, haciendo que fracasara totalmente la tan cacareada *perspicacia* de los agentes del Gobierno. Han caído en el gran aunque común error de confundir lo insólito con lo incomprensible. Pero precisamente por estas desviaciones de lo normal es por donde ha de encontrar la razón su camino

7 Extravagante.

en la investigación de la verdad, en la tesitura de que ese encuentro sea posible. En investigaciones como la que estamos llevando a cabo ahora, no hemos de preguntarnos tanto «qué ha pasado» como «qué ha pasado que no había pasado nunca hasta ahora». Realmente la sencillez con que yo he de llegar o he llegado ya a la solución de este misterio se halla en razón directa con su aparente falta de solución a juicio de la Policía.

Con mudo asombro, contemplé a mi amigo.

—Estoy esperando ahora —continuó diciéndome mirando a la puerta de nuestra habitación— a un individuo que, aun cuando probablemente no ha cometido esta carnicería, bien puede estar, en cierta medida, complicado en ella. Es probable que resulte inocente de la parte más desagradable de los crímenes cometidos. Creo no equivocarme en esta sospecha, porque en ella se basa mi esperanza de descubrir el misterio. Aguardo a este individuo aquí en esta habitación y de un momento a otro. En verdad que puede no venir, pero lo probable es que lo haga. Si viene, hay que detenerlo. Aquí hay unas pistolas, y los dos sabemos cómo emplearlas cuando las circunstancias lo requieren.

Sin saber lo que hacía, ni lo que oía, cogí las pistolas, mientras Dupin seguía hablando como si monologara. Se dirigían sus palabras a mí pero su voz, no muy alta, tenía esa entonación utilizada frecuentemente al hablar con una persona que se encuentra un poco alejada. Sus pupilas inexpresivas observaban sin pestañear hacia la pared.

—La experiencia ha puesto en evidencia totalmente que las voces que discutían —dijo—, oídas por quienes subían las escaleras, no eran las de las dos mujeres. Este hecho descarta el que la anciana hubiese matado primeramente a su hija y se hubiera suicidado después. Hablo de esto únicamente por respeto al procedimiento; porque, además, la fuerza de Madame L'Espanaye no hubiera conseguido nunca arrastrar el cuerpo de su hija por la chimenea arriba tal como fue encontrado. Por otra parte, la naturaleza de las heridas excluye totalmente la idea del suicidio. Por tanto, el asesinato ha sido cometido por terceras personas, y las voces de estas son las que se oyeron discutir. Permítame que le recalque no todo lo que se ha declarado con respecto a estas voces, sino lo que hay de *particular* en las declaraciones. ¿No ha observado usted nada en ellas?

Yo le dije que había observado que mientras todos los testigos estaban de acuerdo en que la voz grave era de un francés, había una gran discusión por lo que respecta a la voz aguda, o áspera, como uno de ellos la había etiquetado.

—Esto es evidencia pura —dijo—, pero no lo particular de esa evidencia. Usted no ha observado nada esencial, sin embargo, *había* algo que observar. Como ha notado usted los testigos estuvieron de acuerdo en cuanto a la voz grave. En ello había unanimidad. Pero lo que respecta a la voz aguda, consiste su singularidad no en el desacuerdo, sino en que cuando un italiano, un inglés, un español, un holandés y un francés intentan describirla cada uno de ellos opina que era la *de un extranjero.* Cada uno está seguro de que no es la de un compatriota, y cada uno la compara, no a la de un individuo de una nación cualquiera cuyo lenguaje conoce, sino todo lo contrario. Cree el francés que era la voz de un español y que «hubiese podido distinguir algunas palabras *de haber estado familiarizado con el español*». El holandés piensa que fue la de un francés, pero sabemos que, por *«no conocer este idioma, el testigo había sido interrogado por un intérprete»*. El inglés opina que la voz fue la de un alemán, pero añade que *«no entiende el alemán»*. El español «está seguro» de que es la de un inglés, pero tan solo *«lo deduce por la entonación, ya que no posee ningún conocimiento del idioma»*. El italiano cree que es la voz de un ruso, pero *«nunca ha tenido conversación alguna con un ruso»*. Otro francés difiere del primero, y está seguro de que la voz era de un italiano, pero *aunque no conoce este idioma,* está, como el español, «seguro de ello por su cadencia». Ahora bien, ¡cuán extrañamente insólita tiene que haber sido esa voz para que pudieran reunirse semejantes testimonios! ¡Una voz en cuyos tonos los ciudadanos de cinco grandes naciones de Europa no pudieran reconocer nada familiar! Tal vez usted diga que puede muy bien haber sido la voz de un asiático o la de un africano, pero ni los asiáticos ni los africanos frecuentan París. Pero, sin decir que esto sea posible, quiero ahora dirigir su atención sobre tres puntos. Uno de los testigos describe aquella voz como «más áspera que aguda»; otros dicen que es «rápida y *desigual»;* en este caso, no hubo palabras (ni sonidos que se parezcan a ellas), que ningún testigo mencionara como inteligibles.

»No conozco qué impresión —siguió Dupin— puedo haber causado en su entendimiento, pero no dudo en manifestar que las legítimas deducciones realizadas con solo esta parte de los testimonios logrados (la que se refiere a las voces graves y agudas), bastan por sí mismas para motivar una sospecha que bien puede dirigirnos en todo posterior avance en la investigación de este misterio. He dicho «legítimas deducciones», pero así no queda del todo explicada mi intención. Quiero únicamente manifestar que esas deducciones son las *únicas* apropiadas, y que mi sospecha se origina *inevitablemente* en ellas como una conclusión única. No diré todavía cuál es esa sospecha. Únicamente deseo hacerle comprender a usted que para mí tiene fuerza suficiente para dar definida forma (determinada tendencia) a mis investigaciones en aquella habitación.

»Mentalmente, traslademonos a ella. ¿Qué es lo primero que hemos de buscar allí? Los medios de los que se valieron los asesinos para evadirse. No hay necesidad de confesar que ninguno de los dos creemos en este momento en circunstancias paranormales. Madame y Mademoiselle L'Espanaye no han sido, evidentemente, asesinadas por espíritus. Quienes han cometido el crimen fueron seres materiales y escaparon por procedimientos materiales. ¿De qué manera? Por suerte, solo hay una forma de razonar con respecto a este punto, y este habrá de conducirnos a una solución precisa. Analicemos, pues, uno por uno, los posibles medios de evasión. Cierto es que los asesinos se encontraban en la alcoba donde fue descubierta Mademoiselle L'Espanaye, o, cuando menos, en la de al lado, cuando las personas subían las escaleras. Así pues, únicamente hay que investigar las salidas de estas dos habitaciones. La Policía ha puesto al descubierto los pavimentos, los techos y la mampostería de las paredes en todas partes. A su vigilancia no hubieran podido escapar ciertas salidas secretas. Pero yo no me fiaba de sus ojos y he querido examinarlo con los míos. Ciertamente, no había salida secreta. Las puertas de las habitaciones que daban al pasillo estaban cerradas a cal y canto por dentro. Analicemos las chimeneas. Aunque de anchura normal hasta una altura de ocho o diez pies sobre los hogares, no puede, en toda su longitud, tan solo dar cabida a un gato corpulento. La imposibilidad de huida por los ya indicados medios es, por tanto, total. Así, pues, no nos restan más que las ventanas. Por la de la alcoba que da a la fachada principal no hubiera podido escapar nadie sin que la gente que había en la calle lo hubiese visto. Por tanto, los asesinos han de haber pasado por las de la habitación posterior. Llevados, pues, de estas deducciones y, de forma tan inequívoca, a esta conclusión, no podemos, según un escrupuloso razonamiento, rechazarla, teniendo en cuenta aparentes obstáculos. Nos queda solo por demostrar que esos aparentes «obstáculos» en realidad no lo son.

»En la habitación hay dos ventanas. Una de ellas no se encuentra obstruida por los muebles, y está completamente visible. La parte inferior de la otra la oculta a la vista la cabecera de la sólida armazón del lecho, estrechamente pegada a ella. La primera de las dos ventanas está fuertemente cerrada y asegurada por dentro. Resistió a los más tenaces esfuerzos de quienes intentaron levantarla. En la parte izquierda de su marco se percibía un gran agujero abierto con una barrena, y un clavo muy grueso hundido en él hasta la cabeza. Al examinar la otra ventana se encontró otro clavo parecido, clavado de la misma forma, y un poderoso esfuerzo para separar el marco fracasó también. La Policía se convenció entonces de que por ese camino no se había realizado la salida, y *por esta razón* consideró innecesario quitar aquellos clavos y abrir las ventanas.

»Mi examen fue más detallado, por la razón que acabo ya de decir, ya que sabía era *necesario* probar que todos aquellos aparentes obstáculos no lo eran realmente.

»Continué razonando así *a posteriori*. Los asesinos han debido de escapar por una de estas ventanas. Admitiendo esto, no es fácil que pudieran haberlas sujetado por dentro, como se las ha encontrado, consideración que, por su evidencia, paralizó las investigaciones de la Policía en este sentido. Sin embargo, las ventanas *estaban* cerradas y aseguradas. Era, pues, *necesario* que pudieran cerrarse por sí mismas. No había forma de escapar a esta conclusión. Fui derecho a la ventana no obstruida, y con cierta dificultad extraje el clavo y traté de levantar el marco. Como yo suponía, resistió a todas las tentativas. Había, pues, sin duda, un resorte escondido, y este hecho, corroborado por mi idea, me convenció de que mis premisas, por muy misteriosas que apareciesen las circunstancias relativas a los clavos, eran acertadas. Una pormenorizada investigación me hizo descubrir pronto el oculto resorte. Lo oprimí y, satisfecho con mi hallazgo, me abstuve de abrir la ventana.

»Volví entonces a colocar el clavo en su lugar, después de haberlo examinado minuciosamente. Una persona que hubiera pasado por aquella ventana podía haberla cerrado y el resorte habría asegurado el marco. Pero el clavo no podía haber sido colocado. Esta deducción está clarísima, y restringía un tanto el campo de mis investigaciones. Los asesinos debían, por tanto, haber escapado por la otra ventana.

Suponiendo que los dos resortes fueran gemelos, como era posible, debía, pues, de haber una diferencia entre los clavos, o, por lo menos, en su colocación. Me subí sobre las correas de la armadura del lecho, y por encima de su cabecera examiné detenidamente la segunda ventana. Pasando la mano por detrás de la madera, descubrí y apreté el resorte, que, como yo había pensado, era idéntico al anterior. Entonces examiné el clavo. Era del mismo grueso que el otro, y aparentemente estaba clavado de idéntica manera, hundido casi hasta la cabeza.

»Tal vez diga usted que me quedé atónito, pero si cree tal cosa es que no ha comprendido bien la naturaleza de mis deducciones. Valiéndome de un término deportivo, no me he encontrado ni una vez «en falta». El rastro no se ha perdido ni un solo instante. En ningún eslabón de la cadena ha habido un fallo. Hasta su última consecuencia he seguido el secreto. Y la consecuencia era *el clavo.* En todos sus aspectos, he dicho, parecía ser igual al de la otra ventana; pero todo esto no tenía importancia (tan fundamental como parecía) comparado con la consideración de que en aquel punto terminaba mi pista. «Debe de haber algún defecto en este clavo», pensé. Lo toqué, y su cabeza, con casi un cuarto de su espiga, se me quedó en la mano. El resto permaneció en el orificio donde se había roto. La rotura era vieja, como se deducía del óxido de sus bordes, y, probablemente, había sido producido por un martillazo que hundió una parte de la cabeza del clavo en la superficie del marco. Volví entonces a colocar con cuidado aquella parte en el lugar de donde la había separado, y su semejanza con un clavo intacto fue total. La rotura era inapreciable. Apreté el resorte y levanté con tiento el marco unos centímetros. Con él subió la cabeza del clavo, quedando fija en su agujero. Cerré la ventana, y fue otra vez perfecta la apariencia del clavo entero.

»Hasta aquí estaba solucionado el enigma. El asesino había huido por la ventana situada a la cabecera del lecho. Al bajar por sí misma, después de haber escapado por ella, o tal vez al ser cerrada deliberadamente, había permanecido sujeta por el resorte, y la sujeción de este había engañado a la Policía, confundiéndola con la del clavo, por lo cual se había considerado innecesario continuar la investigación.

»El enigma era ahora saber cómo había bajado el asesino. Sobre este punto me sentía satisfecho de mi paseo en torno al edificio. A un metro y medio más o menos de la ventana en cuestión, pasa la cadena de un pararrayos. Por esta hubiera sido imposible a cualquiera llegar hasta la ventana, y ya no pensemos entrar. Sin embargo, al examinar los postigos del cuarto piso, vi que eran de una clase especial, que los carpinteros parisienses llaman *ferrades,* especie poco usada hoy, pero hallada frecuentemente en las casas antiguas de Lyon y Burdeos. Tienen la forma de una puerta normal (sencilla y no de dobles batientes), salvo que su mitad superior está enrejada o trabajada a modo de celosía, por lo que ofrece un asidero magnífico para las manos. En el caso en cuestión, estos postigos tienen una anchura de un metro, aproximadamente. Cuando los vimos desde la parte posterior de la casa, los dos se encontraban abiertos hasta la mitad; es decir, formaban con la pared un ángulo recto. Es probable que la Policía haya examinado, como yo, la parte trasera del edificio;

pero al mirar las *ferrades* en el sentido de su anchura (como deben de haberlo hecho), no han percibido la dimensión en este sentido, o cuando menos no le han dado la debida importancia. En realidad, una vez se convencieron de que no podía efectuarse la huida por aquel lado, no lo examinaron sino a la ligera. Sin embargo, para mí estaba claro que el postigo que pertenecía a la ventana situada a la cabecera de la cama, si se abría por completo, hasta que tocara la pared, llegaría hasta unos sesenta centímetros de la cadena del pararrayos. También era evidente que con el esfuerzo de una energía y un valor sobrehumanos podía muy bien haberse entrado por aquella ventana con ayuda de la cadena. Alcanzar una distancia de casi un metro (supongamos ahora abierto el postigo), un ladrón hubiese podido encontrar en el enrejado un asidero seguro, para que después, desde él, soltando la cadena y apoyando bien los pies contra la pared, pudiera lanzarse velozmente, caer en la habitación y atraer hacia sí violentamente el postigo, de forma que se cerrase, y suponiendo, ciertamente, que se encontrara siempre la ventana abierta.

»Tenga usted en cuenta que me he referido a una energía inusitada, necesaria para concluir con éxito una misión tan arriesgada y difícil. Mi propósito es el de demostrarle, en primer lugar, que el hecho podía ser factible, y en segundo, y sobre todo, llamar su atención sobre el carácter *extraordinario,* casi sobrenatural, de la agilidad necesaria para llevarlo a cabo.

»Me replicará usted, sin duda, valiéndose del lenguaje de la ley, que para «defender mi causa» debiera más bien prescindir de la energía requerida en ese caso antes que insistir en valorarla con exactitud. Esto es realizable en la práctica forense, pero no en la razón. Mi objetivo final es la verdad tan solo, y mi propósito inmediato conducir a usted a que compare esa *inusual* energía de que acabo de hablarle con la *peculiarísima voz* aguda (o áspera), y *desigual,* con respecto a cuya nacionalidad no se han encontrado siquiera dos testigos que estuviesen de acuerdo, y en cuya pronunciación no ha sido posible descubrir una sola sílaba».

Al escuchar estas palabras comenzó a formarse en mi interior una difusa idea de lo que pensaba Dupin. Me parecía llegar al límite de la comprensión, sin que todavía pudiera comprender, al igual que esas personas que se encuentran algunas veces al borde de un recuerdo y no son capaces de llegar a conseguirlo. Mi amigo continuó sus deducciones.

—Habrá usted visto —dijo— que he retrotraído la cuestión del modo de salir al de entrar. Mi plan es demostrarle que ambas cosas han tenido lugar de idéntica forma y por el mismo sitio. Volvamos ahora al interior de la habitación. Estudiemos todos sus detalles. Según hemos visto, los cajones de la cómoda han sido saqueados, aunque han quedado en ellos algunas prendas de vestir. Esta conclusión es absurda. Es una simple conjetura, muy falaz, por cierto, y nada más. ¿Cómo es posible saber que todos esos objetos encontrados en los cajones no eran todo lo que contenían? Madame L'Espanaye y su hija vivían una vida un tanto retirada. No se trataban con nadie, salían ocasionalmente y, por ello, tenían pocas oportunidades para cambiar de vestido. Los objetos que se han hallado eran de tan buena calidad, por lo menos, como cualquiera de los que posiblemente hubiesen poseído esas señoras. Si un ladrón hubiera robado alguno, ¿por qué no los mejores, o por qué no todos? En fin, ¿hubiese abandonado cuatro mil francos en oro para cargar con un fardo de ropa blanca? El oro *fue* despreciado. Casi la totalidad de la suma mencionada por Monsieur Mignaud, el banquero, ha sido encontrada en el suelo, en los saquitos. Insisto, por tanto, en querer descartar de su pensamiento la idea desatinada de un *motivo,* engendrada en el cerebro de la Policía por esa declaración que atañe a dinero entregado a la puerta de la casa. Coincidencias diez veces más sobresalientes que esta (entrega del dinero y asesinato, tres días más tarde, de la persona que lo recibe) se presentan una y otra vez en nuestra vida sin despertar siquiera nuestra atención por un instante. Por lo general, las coincidencias son otros tantos motivos de error en el camino de esa clase de pensadores educados de tal modo que nada conocen de la teoría de probabilidades, esa teoría a la cual las más memorables conquistas de la civilización humana deben lo más glorioso de su saber. En este caso, si el oro hubiera desaparecido, el hecho de haber sido entregado tres días antes hubiese podido parecer algo más que una coincidencia. Corroboraría la idea de un *motivo.* Pero, dadas las circunstancias reales del caso, si hemos de pensar que el oro ha sido el móvil del hecho, también debemos imaginar que quien lo ha cometido ha sido tan vacilante y tan tonto que ha abandonado al mismo tiempo el oro y la causa.

»Teniendo presentes en nuestro pensamiento los puntos sobre los cuales he requerido su atención (la voz peculiar, la insólita agilidad y la sorprendente falta de motivo en un crimen de una atrocidad tan inusual como este), examinemos por sí misma esta carnicería. Nos encontramos con una mujer estrangulada con las manos e introducida cabeza abajo en una chimenea. Por lo general, los criminales no utilizan semejante procedimiento de asesinato. En el violento modo de introducir el cuerpo en la chimenea tiene usted que admitir que hay algo *demasiado exagerado,* algo que está en desacuerdo con nuestras corrientes nociones respecto a los actos humanos, aun cuando supongamos que los autores de este crimen sean los seres más abyectos. Por otra parte, piense usted cuán extraordinaria debe haber sido la fuerza que logró introducir tan violentamente el cuerpo *hacia arriba* en una abertura como aquella, por cuanto los esfuerzos unidos de varias personas casi no lograron *sacarlo* de ella.

»Fijemos ahora nuestra atención en otras señales que ponen de manifiesto este vigor maravilloso. Se encontraron en el hogar unos espesos mechones de cabellos grises humanos. Habían sido arrancados de cuajo. Sabe usted la fuerza que es necesaria para arrancar de la cabeza, aun cuando no sean más que veinte o treinta cabellos a la vez. Usted habrá visto tan bien como yo aquellos mechones. Sus raíces (¡qué horrible espectáculo!) tenían adheridos fragmentos de cuero cabelludo, segura prueba de la prodigiosa fuerza que ha sido necesaria para arrancar tal vez un millar de cabellos a la vez. La garganta de la anciana no solo estaba seccionada, sino que presentaba la cabeza completamente separada del cuerpo, y el instrumento para este desaguisado fue una sencilla navaja barbera. Le ruego que se fije también en la *brutal* ferocidad de tal acto. No es necesario referirnos a las magulladuras que aparecieron en el cuerpo de Madame L'Espanaye. Monsieur Dumas y su honorable colega Monsieur Etienne han declarado que habían sido realizadas por un instrumento romo. En ello, estos señores están en lo cierto. El instrumento ha sido, sin duda alguna, el pavimento del patio sobre el que la víctima ha caído desde la ventana situada encima del lecho. Por muy sencilla que parezca ahora esta idea, escapó a la Policía, por la misma causa que le impidió notar la anchura de los postigos, porque, dada la circunstancia de los clavos, su percepción estaba cerrada a cal y canto a la idea de que las ventanas hubieran podido ser abiertas.

»Si ahora, como complemento a todo esto, ha reflexionado usted bien sobre el inusual desorden de la habitación, hemos llegado ya al punto de combinar las cualidades de agilidad maravillosa, fuerza sobrehumana, bestial ferocidad, carnicería sin cuento, una *grotesquerie* en lo horrible, extraña en absoluto a la humanidad, y una voz extranjera por su acento para los oídos de hombres de distintas naciones y desprovista de todo silabeo que pudiera advertirse diferente e inteligiblemente. ¿Qué se infiere de todo ello? ¿Cuál es la impresión que ha producido en su imaginación?».

Al hacerme Dupin esta pregunta, sentí un temblor glacial.

—Un loco ha cometido ese crimen —dije—, algún lunático furioso que se habrá escapado de alguna *Maison de Santé* cercana.

—En algunos aspectos —me contestó— no es desacertada su idea. Pero hasta en sus más feroces paroxismos, las voces de los locos no se parecen nunca a esa voz singular oída desde la calle. Los locos pertenecen a una nación cualquiera, y su lenguaje, aunque incoherente, es siempre articulado. De otro modo, el cabello de un loco no se parece al que yo tengo en la mano. De los dedos rígidamente crispados de Madame L'Espanaye he desenredado este pequeño mechón. ¿Qué puede usted deducir de esto?

—Dupin —exclamé, totalmente desazonado—, ¡qué cabello más extraño! No es un cabello humano.

—Yo no he dicho que lo fuera —me respondió—. Pero antes de decidir con respecto a esta circunstancia, le ruego que examine este pequeño esquema que he trazado en un trozo de papel. Es un facsímil que representa lo que una parte de los testigos han declarado como cárdenas magulladuras y profundos rasguños producidos por las uñas en el cuello de Mademoiselle L'Espanaye, y que los doctores Dumas y Etienne llaman una serie de manchas lívidas sin duda producidas por la impresión de los dedos.

»Se dará cuenta usted —siguió mi amigo, desplegando el papel sobre la mesa y ante nuestros ojos— que este dibujo da idea de una presión firme y poderosa. Aquí no hay *deslizamiento visible.* Cada dedo ha conservado, probablemente hasta la muerte de la víctima, la terrible presa en la cual se ha moldeado. Ensaye usted ahora de colocar sus dedos, todos a un tiempo, en las respectivas impresiones, tal como las ve usted aquí.

Lo intenté inútilmente.

—Es posible —continuó— que no realicemos esta experiencia de un modo concluyente. El papel está desdoblado sobre una superficie plana, y la garganta humana es cilíndrica. Pero aquí vemos un tronco cuya circunferencia es, poco más o menos, la de una garganta. Envuelva a su superficie este diseño y volvamos a efectuar la experiencia.

Lo hice así, pero la dificultad fue todavía mayor que la primera vez.

—Esta —dije— no es la huella de una mano humana.

—Ahora, lea este pasaje de Cuvier —prosiguió Dupin.

Era una historia anatómica, pormenorizada y general, del gran orangután salvaje de las islas de la India Oriental. Son del todo conocidas de un confín al otro del planeta la gigantesca estatura, la fuerza y agilidad prodigiosas, la ferocidad salvaje y las facultades de imitación de estos mamíferos. Comprendí entonces, de golpe, todo el horror de aquellos crímenes.

—La descripción de los dedos —dije, cuando hube terminado la lectura— está perfectamente acorde con este dibujo. Creo que ningún animal, salvo el orangután de la especie que aquí se menciona, puede haber dejado huellas como las que ha dibujado usted. Este mechón de pelo ralo tiene el mismo carácter que el del animal descrito por Cuvier. Pero no me es posible comprender las circunstancias de este espantoso misterio. Hay que tener en cuenta, además, que se oyeron discutir dos voces, y sin duda, una de ellas pertenecía a un francés.

—Cierto, y recordará usted una expresión atribuida casi por unanimidad a esa voz por los testigos: la expresión *«Mon Dieu»*. Y en tales circunstancias, uno de los testigos (Montani, el confitero) la calificó como expresión de protesta o reconvención. Por tanto, yo he fundado en estas voces mis esperanzas de la completa solución de este misterio. Ciertamente, un francés conoce el asesinato. Es posible, y en realidad, más que posible, probable, que él sea inocente de toda participación en los hechos sangrientos que han tenido lugar. Puede habérsele escapado el orangután, y puede haber seguido sus huellas hasta la habitación. Pero, dadas las agitadas circunstancias que hubiera tenido lugar, pudo no haberle sido posible capturarle de nuevo. Todavía anda suelto el animal. No es mi propósito continuar estas conjeturas, y las califico así porque no tengo derecho a llamarlas de otra forma, ya que los atisbos de reflexión en que se fundan apenas alcanzan la suficiente base para ser apreciables incluso para mi propia inteligencia, y, además, porque no puedo hacerlas inteligibles para la comprensión de otra persona. Démosles, pues el nombre de conjeturas, y considerémoslas así. Si, como yo creo, el francés al que me refiero es inocente de tal atrocidad, este anuncio que, a nuestro regreso, dejé en las oficinas de *Le Monde,* un periódico dedicado a intereses marítimos y muy buscado por los marineros, nos lo conducirá a casa.

Me entregó el periódico, y leí:

CAPTURA

En el Bois de Boulogne se ha encontrado a primeras horas de la mañana del día... de los corrientes (la mañana del crimen), un gigantesco orangután de la especie de Borneo. Su propietario (que se sabe es un marino perteneciente a la tripulación de un navío maltés) podrá recuperar el animal, previa su identificación, pagando algunos pequeños gastos ocasionados por su captura y ma-

nutención. Dirigirse al número... de la rue... Faubourg Saint-Germain... tercer piso.

—¿Cómo ha llegado usted a saber —le pregunté a Dupin— que el individuo de que se trata es marinero y está enrolado en un navío maltés?

—Yo no lo conozco —repuso Dupin—. No estoy seguro de que exista. Pero tengo aquí este trozo de cinta que, a juzgar por su forma y su grasiento aspecto, ha sido usada, sin duda, para anudar los cabellos en forma de esas largas *queues*[8] a los que tan aficionados son los marineros. De otro modo, este lazo saben anudarlo muy pocos individuos, y es propio de los malteses. Recogí esta cinta al pie de la cadena del pararrayos. No puede pertenecer a ninguna de las dos víctimas. Todo lo más, si me he equivocado en mis deducciones con respecto a este lazo, es decir, pensando que ese francés sea un marinero enrolado en un navío maltés, no habré perjudicado a nadie diciendo lo que he dicho en el anuncio. Si me he equivocado, supondrá él que algunas circunstancias me engañaron, y no se tomará el trabajo de preguntar por ellas. Pero, si acierto, habremos dado un paso muy importante. Aunque inocente del crimen, el francés habrá de conocerlo, y vacilará entre si debe contestar o no al anuncio y reclamar o no al orangután.

Sus razonamientos serán los siguientes: «Soy inocente, soy pobre, mi orangután es muy valioso, una auténtica fortuna para un hombre que se encuentra en mi situación. ¿Por qué me he de desprender de él por un vano temor al peligro? Lo tengo aquí, a mi alcance. Lo encontraron en el *Bois de*

8 Coletas.

Boulogne, a mucha distancia del escenario de aquel crimen. ¿Quién sospecharía que un animal ha cometido semejante salvajada? La Policía está desorientada. No ha conseguido el menor indicio. Dado el caso de que sospecharan del animal, será imposible demostrar que yo sé nada del crimen, ni mezclarme en él por el solo hecho de saber algo. Además, *me conocen.* El anunciante me señala como dueño del animal. No sé hasta qué punto llega este conocimiento. Si abandono el reclamar una propiedad tan valiosa y que, además, se sabe que es mía, concluiré haciendo sospechoso al animal. No es prudente llamar la atención sobre mí ni sobre él. Responderé, por tanto, a este anuncio, recobraré mi orangután y le encerraré hasta que se haya olvidado por completo este asunto».

En este instante oímos pasos en la escalera.

—Esté a punto —me dijo Dupin—. Prepare sus pistolas, pero no haga uso de ellas, ni las enseñe, hasta que yo le haga una señal.

Habíamos dejado abierta la puerta principal de la casa. El visitante entró sin llamar y subió algunos peldaños de la escalera. Ahora, sin embargo, parecía dudar. Le oímos descender. Dupin se dirigió rápido hacia la puerta, pero en aquel momento le oímos subir de nuevo. Ahora ya no retrocedía de nuevo, sino que subió sin vacilación y llamó a la puerta de nuestro piso.

—Adelante —dijo Dupin con voz satisfecha.

Entró un hombre. Sin duda, era un marinero: un hombre alto, fornido, musculoso, con una expresión de petulancia no del todo desagradable. Su rostro, muy quemado por el sol, estaba oculto en más de su mitad por las patillas y el *mustachio*. Se ayudaba de un enorme garrote de roble, y parecía ir por lo demás desarmado. Saludó, inclinándose sin gracia, pronunciando un «Buenas tardes» con acento francés, el cual, aunque bastardeada levemente por el suizo, daba a conocer con claridad su origen parisiense.

—Tome asiento, amigo —dijo Dupin—. Supongo que viene a reclamar su orangután. Le aseguro que casi lo envidio. Es un hermoso animal, y, sin duda alguna, de mucho precio. ¿Qué edad cree usted que tiene?

El marinero suspiró profundamente, como quien se libra de un peso inaguantable, y respondió a continuación con voz segura:

—No puedo calcularlo con exactitud, pero no creo que tenga más de cuatro o cinco años. ¿Lo tiene usted aquí?

—¡Oh, no! Esta habitación no posee condiciones para ello. Está en una cuadra de alquiler en la *rue* Dubourg, cerca de aquí. Mañana por la mañana, si usted quiere, podrá recuperarlo. Supongo que vendrá usted con todos los detalles para demostrar su propiedad.

—Sin duda alguna, señor.

—Mucho sentiré tener que despedirme de él —dijo Dupin.

—No pretendo que se haya usted tomado tantas molestias para nada, señor —dijo el hombre—. Ni pensarlo. Estoy dispuesto a pagar una gratificación por encontrarlo, mientras sea prudente.

—Bien —contestó mi amigo—. Todo esto es, sin duda, muy justo. Veamos. ¿Qué voy a pedirle? ¡Ah, ya sé! Se lo diré ahora. Mi gratificación será esta: ha de contarme usted cuanto sepa con respecto a los asesinatos de la *rue* Morgue.

Estas últimas palabras las dijo Dupin en voz muy baja y con una pasmosa seguridad. Con igual tranquilidad se dirigió hacia la puerta, la cerró y se guardó la llave en el bolsillo. Después sacó la pistola, y, sin mostrar ningún nerviosismo, la dejó sobre la mesa.

La cara del marinero se puso roja, como si de un arrebato de sofocación se tratara. Se levantó y empuñó su bastón. Pero acto seguido se dejó caer sobre la silla, con un agitado temblor y con el rostro de un cadáver. No profirió una sola palabra, y le compadecí sinceramente.

—Amigo mío —dijo Dupin bondadosamente—, le aseguro que se alarma usted sin causa alguna. No es nuestro propósito hacerle el menor daño. Le doy a usted mi palabra de honor de caballero y francés, que nuestra intención no es perjudicarle. Sé perfectamente que nada tiene usted que ver con los horrores de la *rue* Morgue. Sin embargo, no puedo negar que, de alguna manera, está usted implicado. Por cuanto le digo se dará cuenta usted perfectamente que, con respecto a este punto, poseo excelentes medios de información, medios en los cuales no hubiera usted pensado jamás. El caso está ya claro para nosotros. Nada ha hecho usted que haya podido evitar. Lógicamente, nada que lo haga a usted culpable. Nadie puede acusarle de haber robado, pudiendo haberlo hecho con toda impunidad, y no tiene tampoco nada que esconder. También carece de motivos para hacerlo. Además, por todos los principios del honor, está usted en la obligación de confesar cuanto sepa. Se ha encarcelado a un inocente, a quien se acusa de un crimen cuyo autor solo usted puede señalar.

Cuando Dupin hubo pronunciado estas palabras, ya el marinero había recobrado un poco su presencia de ánimo. Pero toda su petulancia se había esfumado.

—¡Que Dios me ampare! —exclamó después de una breve pausa—. Le diré cuanto sepa sobre el asunto, pero estoy seguro de que no creerá usted ni tan solo la mitad. Estaría loco si lo creyera. Sin embargo, soy inocente, y aunque me cueste la vida le hablaré llanamente.

En resumen, fue esto lo que nos contó:

Había realizado hacía poco un viaje al archipiélago Índico. Él formaba parte de un grupo que desembarcó en Borneo, y pasó al interior para una excursión de entretenimiento. Entre él y un compañero suyo habían capturado al orangután. Su compañero murió, y el animal quedó de su exclusiva pertenencia. Después de muchas molestias producidas por la ferocidad indomable del cautivo, durante el viaje de regreso consiguió finalmente alojarlo en su misma casa, en París, donde, para no atraer sobre él la curiosidad malsana de los vecinos, lo recluyó con mimo, con objeto de que curase de una herida que se había producido en un pie con una astilla, a bordo de su buque. Su objetivo era venderlo.

Una noche, o, mejor dicho, una mañana, la del crimen, al volver de una juerga celebrada con algunos marineros, encontró al animal en su alcoba. Se había escapado del cuarto contiguo, donde él pensaba tenerlo seguramente encarcelado. Se hallaba sentado ante un espejo, teniendo una navaja de afeitar en una mano. Estaba todo enjabonado, intentando afeitarse, operación en la que quizás había observado a su amo a través del ojo de la cerradura. Con un miedo cerebral, viendo tan peligrosa arma en manos de un animal tan feroz y sabiéndole muy capaz de hacer uso de ella, el hombre no supo qué hacer durante un segundo. A menudo había podido dominar al animal en sus accesos más furiosos utilizando un látigo, y recurrió a él también en aquella circunstancia. Pero al ver el látigo, el orangután saltó de repente fuera de la habitación, echó a correr escaleras abajo, y, viendo una ventana, desgraciadamente abierta, huyó a la calle.

El francés, preso de desesperación, corrió tras él. El mono, sin soltar la navaja, se paraba de vez en cuando, se encaraba con él y le hacía muecas, hasta que el hombre llegaba cerca de él, entonces escapaba de nuevo. La persecución duró así un buen rato. Las calles se encontraban en total sosiego, porque serían las tres de la madrugada. Al descender por un pasaje situado detrás de la *rue* Morgue, la atención del fugitivo fue atraída por una luz procedente de la ventana abierta de la habitación de Madame L'Espanaye, en el cuarto piso. Corrió hacia la casa, y al ver la cadena del pararrayos, trepó ágilmente por ella, se agarró al postigo, que estaba abierto de par en par hasta la pared, y, apoyándose en esta, se lanzó sobre la cabecera de la cama. Toda esta gimnasia apenas duró un minuto. El orangután, al entrar en la habitación, había rechazado contra la pared el postigo, que de nuevo quedó abierto.

El marinero estaba entonces satisfecho y perplejo. Tenía grandes esperanzas de capturar ahora al animal, que podría escapar difícilmente de la trampa donde se había metido, a menos que lo hiciera por la cadena, donde él podría salirle al paso cuando descendiese. Por otra parte, le inquietaba sobremanera lo que pudiera suceder en el interior de la casa, y esta última reflexión le decidió a seguir al fugitivo. Para un marinero no es difícil trepar por una cadena de pararrayos. Pero una vez hubo llegado a la altura de la ventana, cerrada entonces, se vio en la imposibilidad de alcanzarla. Todo lo que pudo hacer fue lanzar una rápida mirada al interior de la habitación. Lo que vio le llenó de tal modo de horror que estuvo a punto de caer. Fue entonces cuando se oyeron los terribles gritos que despertaron, en el silencio de la noche, al vecindario de la *rue* Morgue. Madame L'Espanaye y su hija, vestidas con sus camisones, estaban, según parece, arreglando algunos papeles en el cofre de hierro ya mencionado, que había sido llevado al centro de la habitación. Se encontraba abierto, y desparramado su contenido por el suelo. Sin duda, las víctimas se hallaban de espaldas a la ventana, y, a juzgar por el tiempo que transcurrió entre la llegada del animal y los gritos, es probable que no se dieran cuenta en el acto de su presencia. El golpe del postigo debió de ser con toda seguridad atribuido al viento.

Cuando el marinero miró al interior, el terrible animal había asido a Madame L'Espanaye por los cabellos, que, en aquel instante, tenía sueltos, por estarse peinando, y movía la navaja ante su rostro imitando los ademanes de un barbero. La hija estaba desmayada inmóvil en el suelo, sin sentido. Los gritos y los esfuerzos de la anciana (durante los cuales estuvo arrancando el cabello de su cabeza) tuvieron el efecto de cambiar los probables propósitos pacíficos del orangután en pura rabia. Con un seco movimiento de su hercúleo brazo le separó casi la cabeza del tronco. A la vista de la sangre, su ira se convirtió en locura. Con los dientes apretados y despidiendo chispas por los ojos, se lanzó sobre el cuerpo de la hija y clavó sus terribles garras en su garganta, sin soltarla hasta que murió. Sus extraviadas y feroces miradas se fijaron entonces en la cabecera del lecho, sobre la cual la cara de su amo, rígida por el horror, apenas si se distinguía en la oscuridad. La furia de la bestia, que recordaba todavía el terrible látigo, se convirtió de pronto en miedo. Comprendiendo que lo que había hecho le hacía acreedor de un castigo, pareció deseoso de esconder su sangrienta acción. Con la angustia de su agitación y nerviosismo, comenzó a dar saltos por la alcoba, derribando y destrozando los muebles con sus movimientos y levantando los colchones del lecho. Por último, se apoderó del cuerpo de la joven y a empujones lo introdujo por la chimenea en la posición en que fue descubierto. Inmediatamente después se abalanzó sobre el de la madre y lo lanzó de cabeza por la ventana.

Al ver que el mono se acercaba a la ventana con su mutilado fardo, el marinero retrocedió lleno de espanto hacia la cadena, y, más que agarrándose, dejándose deslizar por ella, huyó inmediata y precipitadamente a su casa, con el miedo en su cuerpo por las consecuencias de aquella horrible carnicería, y abandonando complacido, tal fue su espanto, toda preocupación por lo que pudiera sucederle al orangután. Así, pues, las voces oídas por la gente que subía las escaleras fueron sus exclamaciones de horror, mezcladas con los diabólicos parloteos del animal.

Poco me queda que señalar. Antes de hacerse de día, el orangután debió de huir de la alcoba, utilizando la cadena del pararrayos. Maquinalmente cerraría la ventana al pasar por ella. Tiempo más tarde fue capturado por su dueño, quien lo vendió por una considerable suma para el *Jardin des plantes.* Después de haber contado cuanto sabíamos, añadiendo algunos comentarios por parte de Dupin, en el *bureau* del Prefecto de Policía, Le Bon fue puesto inmediatamente en libertad. El funcionario, por muy inclinado que estuviera en favor de mi amigo, no podía disimular de ninguna forma su mal humor, viendo el giro que el asunto había tomado, y se permitió una o dos frases irónicas con respecto a la corrección de las personas que se mezclaban en las funciones que no eran de su incumbencia.

—Déjele que diga lo que quiera —me dijo luego Dupin, que no creía oportuno responder—. Déjele que hable. Así aligerará su conciencia. Por lo que a mí respecta, estoy contento de haberle derrotado en su propio terreno. Sin embargo, el no haber dado con la solución de este misterio no es tan extraño como él supone, porque, realmente, nuestro amigo el Prefecto es bastante agudo para pensar sobre ello con profundidad. Pero su ciencia carece de base. Todo él es cabeza, pero sin cuerpo, como las pinturas de la diosa Laverna, o, mejor dicho, todo cabeza y espalda, como el bacalao. A pesar de ello, es una buena persona. Le estimo particularmente por un rasgo magistral de hipocresía, al cual debe su reputación de hombre inteligente. Me refiero a su modo *de nier ce qui est, et d'expliquer ce qui n'est pas*[9].

9 De negar lo que es y explicar lo que no existe. *Rousseau, Nouvelle*

La carta robada

Al anochecer de una tarde oscura y tormentosa en el otoño de 18..., me encontraba en París, con el doble placer de la meditación y de una pipa de espuma de mar, en compañía de mi amigo C. Auguste Dupin, en un pequeño cuarto detrás de su biblioteca, *au troisième*, N°. 33, de la rue Dunot, en el *Faubourg St. Germain*. Durante más de una hora, habíamos observado un profundo silencio; a cualquier casual observador le habríamos parecido intencional y exclusivamente ocupados con las volutas de humo que contaminaban la atmósfera del cuarto. Yo, sin embargo, estaba pensando en ciertos tópicos que habían dado tema de conversación entre nosotros, hacía algunas horas solamente; me refiero al asunto de la rue Morgue y el misterio del asesinato de Marie Rogêt. Los consideraba de algún modo coincidentes, cuando la puerta de nuestra habitación se abrió para dar paso a nuestro viejo amigo, monsieur G***, el prefecto de la policía parisina.

Heloïse (La nueva Eloísa).

Le dimos una sincera bienvenida porque había en aquel hombre casi tanto de jocoso como de repelente, y hacía varios años que no le veíamos. Estábamos a oscuras cuando llegó, y Dupin se levantó con el objetivo de encender una lámpara; pero volvió a sentarse sin haberlo hecho, porque G*** dijo que había venido a consultarnos, o más bien a pedir el parecer de un amigo, acerca de un asunto oficial que había ocasionado un extraordinario revuelo.

—Si se trata de algo que comparta mi reflexión —observó Dupin, absteniéndose de dar fuego a la mecha—, lo examinaremos mejor sin luz.

—Esa es otra de sus singulares ideas —dijo el prefecto, que tenía la costumbre de llamar «singular» a todo lo que estaba fuera del alcance de su comprensión, y vivía, por consiguiente, rodeado de una gigantesca legión de «singularidades».

—Es muy cierto —respondió Dupin, dándole a su visitante una pipa, y acercándole un cómodo sillón.

—¿Y cuál es la dificultad ahora? —inquirí—. Supongo que no sea otro asesinato.

—¡Oh, no, nada de eso! El asunto es muy simple, en verdad, y no tengo duda que podremos manejarlo bastante bien nosotros solos; pero he pensado que a Dupin le gustaría saber los detalles del hecho, porque es un caso extraordinariamente singular.

—Simple y singular —manifestó Dupin.

—Y bien, sí; y no con exactitud una, sino ambas cosas a la vez. Sucede que hemos ido desorientados porque el asunto es tan simple, y, sin embargo nos confunde a todos.

—Quizás es precisamente la simplicidad lo que le desorienta a usted —afirmó mi amigo.

—¡Qué tontería dice usted! —replicó el prefecto, riendo sinceramente.

—Quizás el misterio es demasiado sencillo —dijo Dupin.

—¡Oh, por el ánima de…! ¡Quién ha oído jamás una idea semejante!

—Demasiado evidente.

—¡Ja, ja, ja!... ¡ja, ja, ja!... ¡jo, jo, jo! —reía nuestro interlocutor, profundamente divertido—. ¡Oh, Dupin, usted me va a hacer estallar de risa!

—¿Y cuál es, por fin, el asunto de que se trata? —inquirí.

—Se lo diré a usted —replicó el prefecto, profiriendo una larga, fuerte y sosegada bocanada y acomodándose en su sillón—. Se lo diré en pocas palabras; pero antes de comenzar, le advertiré que este es un asunto que requiere la mayor reserva, y que perdería sin remedio mi puesto si se supiera que lo he confiado a alguien.

—Sigamos —dije.

—O no —dijo Dupin.

—De acuerdo; he recibido un informe personal de un importantísimo personaje, de que un documento del mayor valor ha sido robado de las habitaciones reales. El individuo que lo robó sabemos quién es; sobre este punto no hay la más mínima vacilación; fue visto en el momento de llevárselo. Se sabe también que continúa todavía en su poder.

—¿Cómo se sabe esto? —preguntó Dupin.

—Se ha deducido sin duda —replicó el prefecto—, de la naturaleza del documento y de la no aparición de ciertos resultados que habrían tenido lugar seguidamente si pasara a otras manos; es decir, a causa de la utilización que se haría de él, en el caso de emplearlo.

—Sea usted un poco más concreto —dije.

—Bien, puedo afirmar que el papel en cuestión da a su poseedor cierto poder en una cierta parte, donde tal poder es inmensamente extraordinario.

El prefecto era amigo de la jerga diplomática.

—Todavía no le entiendo con claridad —dijo Dupin.

—¿No? Bueno; la predestinación del papel a una tercera persona, que es imposible nombrar, pondrá en tela de juicio el honor de un personaje de la más elevada alcurnia; y este hecho da al poseedor del documento un ascendiente sobre el ilustre personaje, cuyo honor y tranquilidad se verán así comprometidos.

—Pero este ascendiente —repuse— dependería de que el ladrón sepa que dicha persona lo conoce. ¿Quién ha osado...?

—El ladrón —dijo G***— es el ministro D***, quien se atreve a todo; uno de esos hombres tan inconvenientes como convenientes. El método del robo no fue menos ingenioso que arriesgado. El documento famoso, una carta, para ser sincero, había sido recibida por el personaje robado, en circunstancias que estaba solo en el *boudoir*[10] real. Mientras que la leía, fue de pronto interrumpido por la entrada de otro encumbrado personaje, a quien deseaba singularmente esconderla. Después de una apresurada y vana tentativa de ocultarla en un secreter, se vio obligado a colocarla, abierta como estaba, sobre una mesa. La dirección, sin embargo,

10 Tocador.

quedaba a la vista; y el contenido, así cubierto, hizo que la atención no se fijara en la carta. En este instante entró el ministro D***. Sus ojos de lince perciben enseguida el papel, reconocen la letra de la dirección, observa el azoramiento del personaje a quien ha sido dirigida, y penetra su secreto. Después de algunas gestiones sobre negocios, de prisa, como es su costumbre, saca una carta algo semejante a la otra, la abre, pretende leerla, y después la coloca en estrecha yuxtaposición con la que codiciaba. Se pone a conversar de nuevo, durante un cuarto de hora casi, sobre asuntos públicos. Por último, levantándose para despedirse, coge de la mesa la carta que no le pertenece. Su legítimo dueño le ve, pero, como se comprende, no se atreve a llamar la atención sobre el acto en presencia del tercer personaje que estaba a su lado. El ministro se marchó abandonando su carta, que no era de importancia, sobre la mesa.

—Aquí está, pues —me dijo Dupin—, lo que usted pedía para hacer que el dominio del ladrón fuera total, el ladrón sabe que es conocido por el dueño del papel.

—Sí —contestó el prefecto—; y el poder así logrado en los últimos meses ha sido utilizado, con objetos políticos, hasta un punto muy peligroso. El personaje robado se convence cada día más de la necesidad de reclamar su carta. Pero esto, como es obvio, no puede ser hecho abiertamente. En fin, reducido a la desesperación, me ha encomendado el negocio.

—¿Y quién puede desear —dijo Dupin, lanzando una espesa bocanada de humo—, o siquiera pensar en, un oyente más agudo que usted?

—Usted me lisonjea —replicó el prefecto— pero es posible que algunas opiniones como esas puedan haber sido mantenidas respecto a mí.

—Está claro —dije—, como lo observó usted, que la carta está todavía en posesión del ministro, puesto que es esta posesión, y no su empleo, lo que confiere a la carta su poder. Con el uso, ese poder se diluye.

—Cierto —dijo G***—, y sobre esa convicción es bajo la que he actuado. Mi primer cuidado fue hacer un registro muy completo de la residencia del ministro; y mi principal obstáculo residía en la necesidad de buscar sin que él se enterara. Además, he sido advertido del peligro que acarrearía de darle motivos de sospechar de nuestras intenciones.

—Pero —dije—, usted se encuentra totalmente *au fait*[11] en este tipo de investigaciones. La policía parisina ha hecho estas cosas con frecuencia antes.

—Ya lo creo; y por esa razón no desespero. Las costumbres del ministro me conceden, además, una gran ventaja. Está a menudo ausente de su casa toda la noche. Sus sirvientes son escasos. Duermen muy alejados de las habitaciones de su amo, y siendo en su mayoría napolitanos, se emborrachan con facilidad. Poseo llaves, como usted sabe, con las que puedo abrir cualquier cuarto o gabinete de París. Durante tres meses, no ha pasado una noche sin que haya estado empeñado personalmente en escudriñar la mansión de D***. Mi honor está en juego y, para mencionar un gran secreto, la recompensa es cuantiosa. Por eso no he abandonado la partida hasta convencerme plenamente de que el ladrón es más listo que yo mismo. Creo que he investigado todos los

11 Al tanto.

rincones y todos los escondrijos de los sitios en que es posible que el papel pueda ser escondido.

—¿Pero no es posible —sugerí—, aunque la carta pueda estar en la posesión del ministro como es incuestionable, que la haya ocultado en algún lugar fuera de su casa?

—Es poco probable —dijo Dupin—. La presente y extraña condición de los negocios en la corte, y especialmente de esas intrigas en las cuales se sabe que D*** está envuelto, exigen la instantánea validez del documento, la posibilidad de ser mostrado en un momento dado, un punto de casi tanta importancia como su posesión.

—¿La posibilidad de ser mostrado? —dije.

—Es decir, de ser *destruido* —dijo Dupin.

—Cierto —observé—; el papel tiene que estar claramente al alcance de la mano. Supongo que podemos descartar la hipótesis de que el ministro la lleva encima.

—Enteramente —dijo el prefecto—. Ha sido dos veces asaltado por truhanes, y su persona minuciosamente registrada bajo mi propia inspección.

—Se podía usted haber ahorrado ese trabajo —dijo Dupin— D***, presumo, no está loco del todo; y si no lo está, debe haber tenido en cuenta esas asechanzas; eso es evidente.

—No está loco *del todo* —dijo G***—; pero es un poeta, lo que considero que está solo a un paso de la locura.

—Cierto —dijo Dupin tras una larga y reposada bocanada de humo de su pipa—, aunque yo mismo sea culpable de algunas malas rimas.

—Supongamos —dije—, que usted nos detalla los pormenores de su investigación.

—Los hechos son estos: dispusimos de bastante tiempo y buscamos *en todas partes*. He tenido larga experiencia en estos negocios. Recorrí todo el edificio, habitación por habitación, dedicando las noches de toda una semana a cada una. Examinamos primero su mobiliario. Abrimos todos los cajones imaginables; y supongo que usted sabe que, para un ejercitado agente de policía, resultan imposibles los cajones *secretos*. Cualquiera que en investigaciones de esta clase permite que se le escape un cajón secreto, es un memo. La cosa así de clara. Existe una cierta cantidad de capacidad, de espacio, que analizar en un mueble. En este caso, establecemos minuciosas reglas. La quincuagésima parte de una línea no puede escapársenos. Después del gabinete, consideramos las sillas. Los cojines son examinados con esas delgadas y largas agujas que usted me ha visto utilizar. De las mesas, removemos las tablas superiores.

—¿Por qué?

—En ocasiones la tabla de una mesa, u otra pieza de mobiliario con la excusa de repararla, es levantada por la persona que desea esconder un objeto; entonces la pata es excavada, el objeto depositado dentro de su cavidad y la tabla vuelta a colocar. Los extremos de los pilares de las camas son utilizados con idéntica finalidad.

—¿Pero la cavidad no podría ser detectada por el sonido? —dije.

—De ninguna forma, si cuando el objeto es depositado se coloca a su alrededor una cantidad suficiente de algodón en rama. Además, en nuestro caso, estábamos obligados a actuar sin ruidos.

—Pero no pueden ustedes haber removido, no pueden haber hecho trizas *todos* los artículos de mobiliario en que hubiera sido posible depositar un objeto de la manera que usted explica. Una carta puede ser comprimida hasta hacer un delgado cilindro en espiral, no alejándose mucho en forma o volumen a una aguja para hacer calceta, y de esta manera puede ser introducida en el travesaño de una silla, por ejemplo. No rompieron ustedes todas las sillas, ¿no es cierto?

—Ciertamente que no; pero hicimos algo mejor: examinamos los travesaños de cada silla de la casa, y en verdad, todos los puntos de unión de todas las clases de muebles, con la ayuda de un potente microscopio. Si hubiera habido algún rastro de reciente alteración, no habríamos dejado de notarla enseguida. Un solo grano del serrín producido por una barrena en la madera, habría sido tan visible como una manzana. Cualquier alteración en las encoladuras, cualquier desusado agujerito en las uniones, habría sido suficiente para un seguro descubrimiento.

—Supongo que observarían ustedes los espejos, entre los bordes y las láminas, y examinarían los lechos, y las ropas de los lechos, así como las cortinas y las alfombras.

—Eso, no hay que dudarlo; y cuando hubimos registrado absolutamente todas las partículas del mobiliario de esa guisa, examinamos la casa misma. Dividimos su entera superficie en compartimentos, que numeramos para que ninguno pudiera escapársenos, después registramos milímetro a milímetro el terreno de la búsqueda, incluso las dos casas adyacentes, con el microscopio, como anteriormente.

—¡Las dos casas adyacentes! —exclamé—; deben ustedes haber causado una gran inquietud.

—La causamos; pero la recompensa ofrecida es formidable.

—¿Incluyeron ustedes los terrenos de las casas?

—Todos los terrenos están enladrillados, comparativamente nos depararon poco trabajo. Examinamos el musgo de las junturas de los ladrillos, y no encontramos que lo hubieran removido.

—¿Buscaron ustedes entre los papeles de D***, también, y entre los libros de su biblioteca?

—Desde luego; abrimos todos los paquetes y legajos; y no solo abrimos todos los libros, sino que hojeamos cuidadosamente todos los volúmenes, no contentándonos con una simple sacudida de ellos, como acostumbran a hacer algunos de nuestros agentes de policía. Medimos también el espesor de cada tapa de libro, con la más minuciosa exactitud, y aplicamos a cada uno el más cuidadoso examen con el microscopio. Si cualquiera de las encuadernaciones hubiera sido tocada para esconder la carta, habría sido totalmente imposible que el hecho escapara a nuestra observación. Unos cinco o seis volúmenes, recién traídos por el encuadernador, los examinamos también minuciosamente, sondeando las tapas.

—¿Registraron el suelo, bajo las alfombras?

—Sin duda. Levantamos todas las alfombras, y analizamos los bordes con el microscopio.

—¿Y el papel de las paredes?

—También.

—¿Miraron en los sótanos?

—Sí.

—Entonces —dije— han hecho ustedes un mal cálculo, y la carta *no* está entre las posesiones del ministro, como creen.

—Me parece que usted tiene razón —repuso el prefecto—. Y ahora, Dupin, ¿qué me aconseja que haga?

—Hacer una nueva revisión de la casa del ministro.

—Eso es totalmente inútil —replicó G***—; estoy tan seguro como que respiro, de que la carta no está en la casa.

—Pues no tengo mejor consejo que darle —dijo Dupin—. ¿Tendrá usted, como es lógico, una pormenorizada descripción de la carta?

—¡Claro!

Y aquí el prefecto, sacando un memorándum, nos leyó en voz alta un detallado informe de la carta, singularmente de la apariencia externa del documento perdido. Poco después de esta descripción, cogió su sombrero y se marchó, mucho más desanimado de lo que le había visto nunca antes.

Casi cerca de un mes había pasado, cuando nos hizo otra visita, encontrándonos ocupados exactamente igual que la otra vez. Cogió una pipa y una silla, y empezó una conversación sobre cosas triviales. Finalmente, le dije:

—Y bien, señor G***, ¿qué hay sobre la carta robada? Pienso que se habrá usted convencido, de una vez por todas, de que no existe cosa más difícil que sorprender al ministro.

—¡Que el diablo lo confunda! Eso es cierto; hice el nuevo examen, sin embargo, como Dupin me lo aconsejó, pero ha sido tiempo perdido, como yo suponía.

—¿A cuánto asciende la recompensa ofrecida, dijo usted? —preguntó Dupin.

—¿Cuánto? Una gran cantidad, una recompensa auténticamente *liberal*; no quiero decir cuánto con exactitud, pero diré una cosa: y es que estaría dispuesto a dar un cheque con mi firma por cincuenta mil francos, a cualquiera que me entregara la carta. El asunto se está haciendo día a día cada vez más peliagudo, y la recompensa ha sido hace poco doblada. Pero aunque fuera triplicada, no podría hacer más de lo que he hecho.

—Veamos —dijo Dupin con parsimonia, entre una y otra bocanada de humo—; realmente pienso, G***, que usted no ha hecho todo lo que podía en este asunto. ¿No cree que podría hacer un poco más?

—¿Cómo? ¿De qué forma?

—¡Pst! Creo —lanzó una bocanada—, que usted podría —lanzó otra bocanada—, pedir consejo sobre este enigma —lanzó una bocanada, y otra—. ¿Se acuerda usted de lo que se cuenta de Abernethy!

—¡No! ¡Al diablo con su Abernethy!

—¡Está bien! al diablo con él, y buena suerte. Pero he aquí la historia. En cierta ocasión un ricachón muy avaro concibió la idea de conseguir gratis de ese Abernethy una opinión médica. Habiendo procurado con ese motivo estar solo con él en una conversación corriente, le sugirió su propio caso como el de un individuo inventado.

—Supongamos —dijo el tacaño—, que sus síntomas son tales y tales; ahora doctor, ¿qué le aconsejaría usted?

—¿Qué le aconsejaría? —dijo Abernethy—; ¡psh! que viera a un médico.

—Pero —dijo el prefecto, algo desconcertado—, yo estoy

dispuesto a que me aconsejen, y a pagarlo. Daría *realmente* cincuenta mil francos a cualquiera que me ayudara en este problema.

—En ese caso —replicó Dupin, abriendo un cajón y sacando una libreta de cheques—, puede usted sin complejos hacerme un cheque por la cantidad que ha dicho. Cuando lo haya firmado, le entregaré la carta.

Me parecía estar viendo visiones. El prefecto parecía como fulminado por un rayo. Durante algunos minutos permaneció sin habla y estático, mirando incrédulamente a mi amigo con la boca abierta y los ojos que parecían huir de las órbitas; después, aparentemente recobrando la conciencia de su ser, cogió una pluma y, después de algunas pausas y miradas sin ton ni son, hizo por último y firmó un cheque por 50.000 francos, y extendiéndolo por sobre la mesa a Dupin. Este lo examinó cuidadosamente y lo guardó en su cartera; después, abriendo un *escritoire*, cogió de él una carta y la entregó al prefecto. El funcionado se abalanzó sobre ella en un perfecto paroxismo de alegría, la abrió con mano trémula, arrojó una rápida ojeada a su contenido, y entonces, agitado y fuera de sí, abrió la puerta y sin ceremonia de ninguna especie salió del cuarto y de la casa, sin haber pronunciado una palabra desde que Dupin le había pedido que hiciera el cheque.

Cuando nos quedamos solos, mi amigo consintió en darme explicaciones.

—La policía parisina —dijo— es sumamente buena en su especialidad. Es tenaz, ingeniosa, sagaz y muy experta en los conocimientos que sus deberes parecen necesitar con más urgencia. Así, cuando G*** nos detalló su manera de registrar los sitios en la casa de D***, tuve plena confianza en que había practicado una investigación a conciencia, hasta donde lo permiten sus conocimientos.

—¿Hasta dónde lo permiten? —pregunté.

—Sí —dijo Dupin—. Las medidas adoptadas eran, no solamente las mejores de su clase, sino que se acercaban a la máxima perfección. Si la carta hubiera estado oculta en el radio de esa pesquisa, los agentes de policía, sin duda, la hubieran encontrado.

Sonreí por la contestación, pero mi amigo parecía totalmente serio en todo lo que decía.

—Las medidas, pues —prosiguió él—, eran buenas en su clase y bien llevadas a cabo; su defecto estaba en ser inaplicables al caso y al hombre. Un cierto conjunto de recursos altamente ingeniosos son para el prefecto una especie de lecho de Procusto, a los que adapta forzadamente sus designios. Así es que una y otra vez se equivoca por ser demasiado profundo, o demasiado superficial, en los asuntos que se le confían, y muchos niños de escuela son mejores razonadores que él. He conocido uno, de unos ocho años de edad, cuyos éxitos adivinando en el juego de «pares y nones» atraían la admiración de los espectadores. Este juego es simple, y se juega con canicas. Uno de los jugadores oculta en su mano una cantidad de esas canicas, y pregunta a otro si ese número es par o non. Si el preguntado adivina, gana una; si no, pierde una. El niño al que me refiero, ganaba todas las canicas de la escuela. Así pues, tenía algún método para acertar, y este se basaba en la simple observación y el cálculo de la sagacidad de sus contrincantes. Por ejemplo, un simple bobalicón es su contrario, y levantando una mano cerrada, y pregunta: ¿son pares o nones? Nuestro niño replica: «Nones», y pierde; pero a la segunda vez gana, porque entonces se dice a sí mismo: «El bobalicón tenía pares la primera vez, y su cantidad de astucia es exactamente la suficiente para llevarlo a poner nones en la segunda; así pues, apostaré «nones»; apuesta a nones, y gana. Ahora, con un bobo de un grado mayor que el primero, hubiera razonado así: «Este tal, sabe que en el primer caso aposté a nones, y en el segundo se le ocurrirá, en el primer impulso, una simple variación de pares a nones, como hizo mi otro contrario; pero entonces un segundo pensamiento le sugerirá que esta es una variación demasiado facilona, y, finalmente, decidirá poner pares como antes. Así pues, apostaré a pares»; apuesta a pares, y gana. Ahora bien, este sistema de razonar en el niño de escuela, a quien sus compañeros llamaban afortunado, ¿qué es, en último análisis?

—Es tan solo —dije— una identificación del intelecto del razonador con el de su contrario.

—Eso es —dijo Dupin—; y después de interrogar al niño cómo efectuaba esa completa identificación por la que obtenía su acierto, recibí la siguiente contestación: «Cuando deseo saber cuán sabio o cuán estúpido, o cuán bueno o cuán malo es alguien, o cuáles son sus pensamientos en un instante dado, adapto la expresión de mi rostro, tan cuidadosamente como me sea posible, de acuerdo con la expresión del rostro de él, y entonces trato de ver qué pensamientos o sentimientos nacen en mi mente, que igualen o correspondan a la expresión de mi cara.» La respuesta de este niño de colegio supera incluso la falsa profundidad que ha sido atribuida a La Rochefoucault, la Bruyère, Maquiavelo y Campanella.

—Y la identificación —dije— del intelecto del razonador con el de su contrario, depende, si le comprendo a usted bien, de la exactitud con que se mide la inteligencia de este último.

—Para su valor práctico depende de eso —contestó Dupin—; y el prefecto y toda su cohorte fracasan tan a menudo, primero, por no alcanzar dicha identificación, y segundo, por mala apreciación, o más bien por no medir la inteligencia con la que se miden. Consideran tan solo sus *propias* ideas ingeniosas; y buscando cualquier cosa escondida, tienen en cuenta únicamente los medios con que ellos la habrían escondido. Tienen mucha razón en todo: que su propio ingenio es una fiel representación del de las *masas*; pero cuando la astucia del reo es diferente en carácter de la de ellos, el reo se les escapa; es lógico. Eso ocurre siempre que esa astucia es superior de la de ellos, y, muy frecuentemente cuando está por abajo. No tienen variación de principio en sus investigaciones; lo más que hacen, cuando se ven excitados por algún caso inusual, por alguna extraordinaria recompensa, es extender o exagerar sus viejas rutinas de práctica, sin modificar sus principios. Por ejemplo, en este caso de D***, ¿qué se ha hecho para variar el principio de acción? ¿Qué es todo este taladrar, probar, hacer sonar y registrar con el microscopio, y dividir la superficie del edificio en cuidadosas pulgadas cuadradas y numeradas? ¿Qué es todo eso, sino una exageración de *la aplicación* de un principio o conjunto de principios de búsqueda, que está basado sobre un conjunto de nociones respecto a la ingeniosidad humana, a que el prefecto, en la larga rutina de su deber, se ha habituado? ¿No ve usted que G*** da por sentado que *todos* los hombres que quieren ocultar una carta, si no precisamente en un agujero hecho con barrena en la pata de una silla, lo hacen, cuando menos, en *algún* oculto agujero o rincón sugerido por el mismo tenor del pensamiento que inspira a un hombre la idea de esconderla en un agujero hecho en la pata de una silla? ¿Y no ve usted también que tales rincones buscados para ocultar, se utilizan solo en las ocasiones ordinarias, y únicamente son adoptados por inteligencias ordinarias? Porque en todos los casos de ocultamiento cabe presumir que en principio se ha efectuado dentro de esas coordenadas; y su descubrimiento depende, no tanto de la sagacidad, sino del simple cuidado, la paciencia y la determinación de los buscadores; y cuando el caso es relevante, o lo que quiere decir lo mismo a los ojos policiales, cuando la recompensa es grande, las cualidades en cuestión nunca fallan. Ahora entenderá usted sin duda lo que quise decir, sugiriendo que, si la carta hubiera sido ocultada en cualquier parte dentro de los límites del examen del prefecto, o en otras palabras, si el principio inspirador de su ocultación hubiera estado comprendido dentro de los principios del prefecto, su descubrimiento habría sido un asunto fácil. Este funcionario, sin embargo, ha sido completamente engañado; y la fuente originaria de su fracaso reside en la suposición de que el ministro no está cuerdo porque ha adquirido fama como poeta. Todos los locos son poetas; esto es lo que cree el prefecto, y es simplemente culpable de un *non distributio medii*[12] al inferir de ahí que todos los poetas son locos.

12 Expresión que hace referencia a no analizar la premisa.

—¿Pero se trata en verdad del poeta? —pregunté—. Hay dos hermanos, me consta, y ambos han alcanzado fama en las letras. El ministro, creo, ha escrito doctamente sobre cálculo diferencial. Es un matemático y no un poeta.

—Está usted equivocado; yo le conozco bien, es ambas cosas. Como poeta y matemático, habría razonado bien; como simple matemático no habría razonado absolutamente, y hubiera estado a merced del prefecto.

—Usted me asombra —manifesté— con esas opiniones, que han sido rechazadas por la voz del pueblo. Suponga que no pretenderá hacer desaparecer una bien digerida idea con siglos de existencia. La razón matemática ha sido por mucho tiempo tenida como la razón por excelencia.

—*Il y a à parier* —replicó Dupin, citando a Chamfort—, *que toute idée publique, toute convention reçue, est une sottise, car elle a convenue au plus grand nombre*[13]. Los matemáticos, admito, han hecho cuanto les ha sido posible para difundir el error popular a que usted se refiere, y que no es menos un error porque haya sido considerado como verdad. Con un arte digno de mejor empeño, por ejemplo, han introducido el término «análisis» con aplicación al álgebra. Los franceses son los culpables de esta invención popular; pero si un término tiene alguna importancia, si las palabras derivan algún valor de su aplicabilidad, «análisis» significa «álgebra», poco más o menos, como en latín *ambitus* implica «ambición», *religio*, «religión», *homines honesti*, «un conjunto de hombres honrados».

13 Hay que apostar que toda idea pública, toda convención aceptada, es una tontería, pues ha convenido a la mayoría.

—Temo que se enemiste usted —dije— con alguno de los algebristas de París; pero continúe.

—Discuto la validez, y por consiguiente, el valor de esa razón que es cultivada en una forma especial diferente de la abstracta lógica. Discuto, en particular, la razón derivada del estudio de las matemáticas. Las matemáticas son la ciencia de la forma y la cantidad; el razonamiento matemático es simplemente la lógica aplicada a la observación a la forma y la cantidad. El gran error consiste en suponer que hasta las verdades de lo que es llamado álgebra *pura* son verdades abstractas o generales. Y este error está tan fuera de lugar, que me confundo ante la universalidad con que ha sido admitido. Los axiomas matemáticos no son axiomas de validez general. Lo que es verdad de relación (de forma y de cantidad), es a menudo grandemente falso respecto de la moral, por ejemplo. En esta última ciencia por lo general es incierto que el todo sea igual a la suma de las partes. En química el axioma falla también. En el caso de una fuerza motriz falla igualmente, pues dos motores de un valor dado no alcanzan necesariamente al sumarse una potencia igual a la suma de sus potencias consideradas por separado. Hay muchas otras verdades matemáticas, que son verdades solo dentro de los límites de la *relación*. Pero el matemático enjuicia, apoyándose en sus *verdades* finitas, según es costumbre, como si ellas fueran de una aplicabilidad totalmente general, como si el mundo imaginara, en realidad, que lo son. Bryant, en su recomendable *Mitología*, menciona una análoga fuente de error, cuando dice que «aunque las fábulas paganas no son creídas, sin embargo lo olvidamos una y otra vez, y hacemos mención de ellas, como si fueran realidades». Entre los algebristas, sin embargo, que son realmente paganos, las «fábulas paganas» son creídas, y las inferencias se hacen, no tanto por culpa de la memoria, sino por una incomprensible perturbación mental. En resumen, no he encontrado jamás un simple matemático en quien se pudiera confiar, fuera de sus raíces y ecuaciones, o que no tuviera por artículo de fe, que $x^2 + px$ es absoluta e incondicionalmente igual a q. Diga usted a uno de esos caballeros, por vía de experimento, si lo desea, que usted cree que puede presentarse casos en que $x^2 + px$ no es absolutamente igual a q, y después de haberle hecho entender lo que quiere decir, eche a correr tan rápido como le sea posible, porque, sin ninguna duda, tratará de propinarle una paliza.

»Quiero decir —prosiguió Dupin, mientras me reía yo de su última observación— que si el ministro hubiera sido nada más que un matemático, el prefecto no habría tenido necesidad de darme este cheque. Le conocía yo, sin embargo, como matemático y como poeta, y mis medidas fueron adaptadas a su capacidad, teniendo en cuenta las circunstancias de que estaba rodeado. Le conocía como a un cortesano, y además como un osado *intrigant*. Un hombre así, pensé, debe saberse al dedillo los métodos ordinarios de acción de la policía. No podía haber dejado de prever, y los sucesos han probado que no lo hizo, los registros a los que fue sometido. Debe haber previsto las investigaciones secretas de su casa. Sus constantes ausencias nocturnas, que eran celebradas por el prefecto como una buena ayuda a sus éxitos, las miré solo como argucias para procurar a la policía la oportunidad de realizar un completo registro, y hacerles llegar lo más pronto posible a la convicción como la G*** terminó finalmente por creer, de que la carta no se encontraba en casa. Me di cuenta también que todo el conjunto de ideas, que tendría alguna dificultad en exponer a usted ahora, relativo a los invariables principios de la policía en pesquisas de objetos escondidos, pasaría sin duda por la mente del ministro. Eso le llevaría, de una forma ineludible, a despreciar todos los escondrijos ordinarios. No podía, reflexioné, ser tan simple que no viera que los más difíciles y más remotos secretos de su mansión serían de tan fácil acceso como los rincones más vulgares, a los ojos, a los exámenes, a los barrenos y los microscopios del prefecto. Vi, finalmente, que se vería impelido, como en un asunto de lógica, a la *simplicidad*, si no la había premeditadamente elegido por su propio gusto personal. Recordará usted quizá con qué gusto se rio el prefecto, cuando le sugerí en nuestra primera entrevista que era muy posible que este misterio le perturbara tanto por su absoluta evidencia.

—Sí —dije—, recuerdo bien su regocijo. Creí realmente que sufriría convulsiones.

—El mundo material —continúo Dupin— posee frecuentes y muy estrictas analogías con el espiritual; y así se ha dado algún color de verdad al dogma retórico de que la metáfora o el símil pueda ser utilizada para dar más fuerza a un pensamiento o embellecer una descripción. El principio de *vis inertiae*[14], por ejemplo, parece idéntico en física y metafísica. No es más cierto en la primera, que un gran cuerpo es puesto en movimiento con más dificultad que uno pequeño, y que su subsiguiente *impulso* es proporcionado a esa difi-

14 El ímpetu de lo inerte.

cultad, que lo es en la segunda, que sabios de la más enorme capacidad, aunque más potentes, constantes y fecundos en sus movimientos que los de menor grado, son sin embargo los menos rápidamente movidos, y más embarazados y llenos de vacilación en los primeros pasos de sus progresos. Otra cosa: ¿ha notado usted alguna vez cuáles son las muestras de las tiendas que más atraen la atención?

—Nunca se me ocurrió pensarlo —dije.

—Existe un juego de adivinanzas —replicó él— que se juega con un mapa. Uno de los jugadores pide al otro que encuentre una palabra mencionada, el nombre de una ciudad, río, estado o imperio; una palabra, en fin, sobre la heterogénea y confusa superficie de un mapa. Un bisoño en el juego trata generalmente de liar a sus contrarios, dándoles a buscar los nombres escritos con las letras más pequeñas; pero el buen jugador escogerá entre esas palabras que se extienden con grandes caracteres de un confín a otro del mapa. Estas, lo mismo que los anuncios y tablillas expuestas en las calles con letras grandísimas, escapan a la observación por ser demasiado visibles; y aquí, la física inadvertencia ocular es precisamente análoga al entendimiento moral, por la que el intelecto permite que pasen desapercibidas esas consideraciones, que son demasiado evidentes y palpables por sí mismas. Pero parece que este es un punto que está algo arriba o abajo de la inteligencia del prefecto. Jamás creyó probable o posible que el ministro hubiera dejado la carta inmediatamente debajo de las narices de todo el mundo, a fin de impedir que una parte de ese mundo pudiera descubrirla.

»Pero cuanto más reflexionaba sobre el osado, fogoso y distinguido ingenio de D***, sobre el hecho de que el documento debía haber estado siempre *a mano*, si intentaba utilizarlo con provechoso fin; y sobre la concluyente evidencia, obtenida por el prefecto, de que no estaba escondido dentro de los límites de sus pesquisas ordinarias, más convencido quedaba de que para ocultar aquella carta el ministro había recurrido al más amplio y sagaz expediente de no tratar de ocultarla del todo.

»Convencido de estas ideas, me puse mis gafas verdes y una hermosa mañana, como por casualidad, entré en la casa del ministro. Encontré a D*** bostezando, extendido cuan largo era, charlando insulsamente, como era habitual, y pretendiendo estar aquejado del más abrumador *ennui*. Sin embargo, es uno de los hombres más realmente activos que existen, pero tan solo cuando nadie lo observa.

»Para pagarle con la misma moneda, me quejé de mi vista debilitada, y lamenté la forzosa necesidad que tenía de usar gafas, bajo el amparo de las cuales examinaba minuciosa y totalmente toda la habitación, mientras en apariencia únicamente me ocupaba de la conversación con mi anfitrión.

»Presté singular atención a una gran mesa-escritorio, cerca de la cual estaba sentado D***, y sobre la que había desparramadas en desorden diversas cartas Y otros papeles, uno o dos instrumentos de música y algunos libros. En ella, sin embargo, después de un largo y deliberado examen, no vi nada capaz de provocar mis sospechas.

»Finalmente, mis ojos, examinando el ámbito del cuarto, se fijaron en un miserable tarjetero de cartón afiligranado, que colgaba de una mugrienta cinta azul, sujeta a una perillita de bronce, colocada justamente sobre la repisa del hogar. En aquel tarjetero, que poseía tres o cuatro compartimentos, había seis o siete tarjetas de visita y una única carta. Esta aparecía muy manchada y arrugada. Se encontraba rasgada casi en dos, por la mitad, como si una primera intención de hacerla pedazos por su nulo valor hubiera sido cambiada y frenada. Tenía un gran sello negro, con el monograma de D***, *muy* visible, y el sobre escrito y dirigido al mismo ministro revelaba una letra minúscula y femenina. Había sido arrojada sin cuidado alguno, y hasta parecía despreciativamente introducida en una de las divisiones superiores del tarjetero.

»En cuanto descubrí la carta objeto de las pesquisas, comprendí que era la que se intentaba localizar. En verdad, era, en apariencia, radicalmente distinta de aquella que nos había leído el prefecto una descripción tan pormenorizada. Aquí el sello era grande y negro, con el monograma de D***; en la otra era pequeño y rojo, con las armas ducales de la familia S***. Aquí la dirección del ministro era diminuta y femenina; en la otra la letra del sobre, dirigida a un cierto personaje real, era señaladamente enérgica y decidida; el tamaño era su único punto de semejanza. Pero la naturaleza radical de esas diferencias, era demasiado, las manchas, la sucia y rota condición del papel, tan inconsistente con los *verdaderos* hábitos metódicos de D***, y tan reveladoras de dar una idea del escaso valor del documento a un indiscreto; estas cosas, junto con la visible situación en que se hallaba, a la vista de todos los visitantes, y así coincidente con las conclusiones precedentes a que yo había llegado; esas cosas, digo, eran muy corroborativas de sospecha, para quien había ido con la intención de sospechar.

»Pospuse mi visita tanto como fue posible, y mientras mantenía una de las más animadas discusiones con el ministro, sobre un tópico que sabía que siempre le había interesado y apasionado, puse toda mi atención, en realidad, sobre la carta. En aquel examen, confié a la memoria su apariencia externa y su ubicación en el tarjetero; y por último, hice un descubrimiento que borraba cualquier ligera duda que pudiera haber concebido. Registrando con la vista los bordes del papel, noté que estaban más *gastados* de lo que parecía necesario. Presentaban una apariencia de *rotura* que resulta cuando un papel liso, habiendo sido una vez doblado y apretado, es vuelto a hacerlo en una dirección contraria, con idénticos pliegues que ha formado el primitivo doblez. Este descubrimiento fue suficiente. Estaba claro para mí que la carta había sido dada vuelta, como un guante, lo de adentro para afuera; una nueva dirección y un nuevo sello le habían sido agregados. Di los buenos días al ministro, y me marché acto seguido, abandonando sobre la mesa una tabaquera de oro.

»A la mañana siguiente fui en busca de la tabaquera, y reanudamos amistosamente la conversación del día anterior. Mientras estábamos en ella enfrascados, un fuerte disparo, como de una pistola, se escuchó debajo de las ventanas del edificio, y fue seguido por una serie de gritos de terror, y exclamaciones de una multitud temerosa. D*** se dirigió a una de las ventanas, la abrió y miró hacia la calle. Mientras, me acerqué al tarjetero, cogí la carta, la metí en mi bolsillo y la reemplacé por un facsímil (de sus caracteres externos) que había preparado con mimo en casa, imitando el monograma de D***, con mucha destreza, por medio de un sello de miga de pan.

»El tumulto en la calle había sido provocado por la conducta demencial de un hombre con un fusil. Había hecho fuego con él entre un grupo de mujeres y niños. Se comprobó, sin embargo, que el arma estaba descargada, y se le permitió que continuara su camino, como a un lunático o un ebrio. Cuando se hubo retirado, D*** se separó de la ventana, a donde le había seguido yo inmediatamente después de lograr mi objetivo. Al poco rato me despedí de él. El supuesto demente era un hombre a quien yo había pagado para que produjera el tumulto.

—Pero, ¿qué propósito tenía usted —inquirí— para reemplazar la carta por un facsímil? ¿No hubiera sido más fácil, en la primera visita, arrebatarla sin más y salir con ella?

—D*** —replicó Dupin— es un hombre intrépido y valiente. Su casa, además, no carece de servidores consagrados a los intereses del amo. Si yo hubiera realizado la osada tentativa que usted sugiere, nunca habría salido vivo de allí y el honrado pueblo de París no hubiera vuelto a saber más de mí. Ya conoce usted mis ideas políticas. Pero me movía una segunda intención, además de esas consideraciones. En este asunto, actué como partidario de la dama comprometida. Durante dieciocho meses el ministro la tuvo en su poder. Ella es la que lo tiene ahora en su poder: como D*** no sabe que la carta no está ya en su tarjetero, continuará con sus presiones como si la tuviera. Así provocará, él mismo, su caída política. Su ruina, además, será tan precipitada como esperpéntica. Es igualmente exacto hablar, a propósito de su caso, del *facilis descensus Avernis*[15]; pues en toda clase de ascensiones, como la Catalani dice del canto, es mucho más fácil subir que bajar. En el presente caso no tengo simpatía, ni siquiera piedad, por el que cae. D*** es ese *monstrum horrendum*, el hombre de genio sin moral. Confieso, sin embargo, que me gustaría mucho conocer el exacto carácter de sus pensamientos cuando, siendo desafiado por aquella a quien el prefecto llama «una cierta persona», se vea obligada a abrir la carta que le dejé para él en el tarjetero.

—¿Cómo? ¿Escribió usted algo particular en ella?

—¡Claro! No parecía del todo correcto dejarla en blanco; eso hubiera sido un despecho... Cierta vez D***, en Viena, me jugó una mala pasada, acerca de la que le dije, sin perder el buen humor, que no lo olvidaría. Así, como comprendí que sentiría alguna curiosidad respecto a la identidad de la persona que había sobrepujado su inteligencia, pensé que era una lástima no dejarle una señal para que la conociera. Como conoce perfectamente mi letra, me limité a copiar en medio de la página estas palabras:

... Un dessein si funeste,
S'il n'est digne d'Atrée, est digne de Thyeste,

que se pueden leer en el *Atrée* de Crebillon[16].

15 Fácil descenso al Averno.

16 Un designio tan funesto, no era digno de Atreo, sino de Tieste.

MANUSCRITO HALLADO EN UNA BOTELLA

Qui n'a plus qu'un moment à vivre
N'a plus rien à dissimuler[17].
QUINAULT-ATYS

Acerca de mi país y mi familia tengo poco que explicar. Un trato injusto y el paso de los años me han alejado de uno y enemistado con la otra. Mi patrimonio me permitió recibir una educación poco común y una inclinación contemplativa permitió que convirtiera en metódicos los conocimientos rápidamente adquiridos en tempranos estudios. Pero por sobre todas las cosas me proporcionaba gran placer el estudio de los moralistas alemanes; no por una desatinada admiración a su elocuente locura, sino por la facilidad con que mis rígidos hábitos mentales me permitían detectar sus falsedades. Frecuentemente se me ha reprochado la aridez de mi talento, la falta de imaginación se me ha imputado como un crimen, y el escepticismo de mis opiniones me ha hecho notorio en

17 El que no tiene más que un momento para vivir no tiene nada que disimular.

todo instante. La verdad, temo que una fuerte inclinación por la filosofía física haya teñido mi mente con un error muy común en esta época: hablo de la costumbre de relatar sucesos, aun los menos adecuados de dicha referencia, a los principios de esa disciplina. En definitiva, no creo que haya nadie menos propenso que yo a alejarse de los severos límites de la verdad, dejándose llevar por el *ignes fatui*[18] de la superstición. Me ha parecido conveniente sentar esta premisa, para que la increíble historia que debo narrar no sea considerada la fiebre de una imaginación desbocada, sino la experiencia auténtica de una mente para quien los ensueños de la fantasía han sido letra muerta y nula.

Tras muchos años de viajar por el extranjero, en el año 18... me embarqué en el puerto de Batavia, en la rica y populosa isla de Java, en un crucero por el archipiélago de las islas Sonda. Iba en calidad de pasajero, únicamente inducido por una especie de nerviosa desazón que me fustigaba como un espíritu demoníaco.

Nuestro majestuoso navío, de unas cuatrocientas toneladas, había sido fletado en Bombay en madera de teca de Malabar con remaches de cobre. Transportaba una carga de algodón en rama y aceite, de las islas Laquedivas. También llevábamos a bordo fibra de corteza de coco, azúcar moreno de las Islas Orientales, manteca clarificada de leche de búfalo, granos de cacao y algunos cajones de opio. La carga había sido mal estibada y el barco casi se hundía.

Levamos anclas apenas impulsados por una tenue brisa, y a lo largo de muchos días permanecimos cerca de la costa

18 Fuegos fatuos.

oriental de Java, sin otro percance que quebrara la monotonía de nuestro curso más que el ocasional encuentro con los pequeños barquitos de dos mástiles del archipiélago al que habíamos puesto rumbo.

Una tarde, apoyado sobre el pasamanos de la borda de popa, vi hacia el noroeste una nube muy extraña y aislada. Era singular, no solo por su color, sino por ser la primera que avistábamos desde nuestra marcha de Batavia. La observé con detenimiento hasta el ocaso, cuando de pronto se extendió hacia este y oeste, ciñendo el horizonte con una angosta franja de vapor y adquiriendo la forma de una larga línea de playa. Pronto atrajo mi atención la coloración de un tono rojo oscuro de la luna, y la singular apariencia del mar. Este sufría una rápida transformación y el agua parecía más transparente que habitualmente. A pesar de que alcanzaba a distinguir claramente el fondo, al echar la sonda comprobé que el barco navegaba a quince brazas de profundidad. Entonces el aire se tornó intolerablemente asfixiante y cargado de exhalaciones en espiral, parecidas a las que surgen del hierro al rojo. A medida que fue cayendo la noche, desapareció todo vestigio de brisa y resultaba imposible concebir una calma mayor. Sobre la toldilla ardía la llama de una vela sin el más imperceptible movimiento, y un largo cabello, sostenido entre dos dedos, colgaba sin que se advirtiera la menor vibración. Sin embargo, el capitán manifestó que no percibía ninguna advertencia de peligro, pero como navegábamos a la deriva en dirección a la costa, ordenó arriar las velas y echar el ancla. No colocó vigías y la tripulación, compuesta mayoritariamente por malayos, se tendió por propia voluntad sobre cubierta. Yo bajé... sobrecogido por una mala premonición. En verdad, todas las señales me advertían la inminencia de un *simún*[19]. Expuse mis temores al capitán, pero él no prestó atención a mis palabras y se alejó sin dignarse a contestarme. Sin embargo, mi zozobra me impedía dormir y alrededor de medianoche subí a cubierta. Al apoyar el pie sobre el último peldaño de la escalera de cámara me llenó de espanto un ruido fuerte e intenso, parecido al producido por el giro veloz de la rueda de un molino, y antes de que pudiera averiguar su significado, percibí una vibración en el centro del barco. Momentos después se desplomó sobre nosotros un furioso mar de espuma que, pasando por encima del puente, barrió la cubierta de proa a popa.

La furiosa violencia de la ráfaga fue, en gran medida, la salvación del barco. Aunque totalmente cubierto por el agua, como sus mástiles habían volado por la borda, después de un minuto se enderezó pesadamente, salió a la superficie, y tras vacilar algunos instantes bajo la presión de la tempestad, se enderezó por fin.

Me sería imposible explicar qué milagro me salvó de la destrucción. Aturdido por el choque del agua, al volver en mí me encontré emparedado entre el mástil de popa y el timón. Me puse de pie con gran dificultad y al mirar, mareado, a mi alrededor, mi primera impresión fue que navegábamos entre arrecifes, tan tremendo e inimaginable era el remolino de olas enormes y llenas de espuma en que estábamos inmersos. Instantes después percibí la voz de un anciano sueco que había embarcado poco antes de que el barco se hiciera a la

19 Temporal fuerte.

mar. Lo llamé con todas mis fuerzas y al rato se me acercó vacilante. No tardamos en descubrir que éramos los únicos sobrevivientes. Con excepción de nosotros, las olas acababan de barrer todo lo que se hallaba en cubierta; el capitán y los oficiales debían haber muerto mientras dormían, porque los camarotes estaban totalmente anegados. Sin ayuda era poco lo que podíamos hacer por la seguridad del barco, y nos paralizó la convicción de que no tardaríamos en irnos a pique. Por suerte el primer embate del huracán había destrozado el cable del ancla, porque de no ser así nos habríamos hundido al momento. Navegábamos a una velocidad extraordinaria, y las olas rompían sobre nosotros. El maderamen de popa estaba hecho trizas y todo el barco había sufrido gravísimos daños; pero comprobamos con alegría que las bombas no estaban atascadas y que el lastre no parecía haberse descentrado. La primera ráfaga había amainado, y la violencia del viento ya no entrañaba gran peligro; pero la posibilidad de que cesara por completo nos llenaba de espanto, convencidos de que, en medio del oleaje siguiente, sin duda, sería nuestro fin. Pero no parecía probable que el justificado temor se convirtiera en una pronta realidad. Durante cinco días y noches completos —en los cuales nuestro único alimento consistió en una pequeña cantidad de melaza que con esfuerzo conseguimos procurarnos en el castillo de proa— el armazón del barco avanzó a una velocidad inaudita, impulsada por sucesivas ráfagas que, sin igualar la violencia del primitivo simún, eran más espantosas que cualquier otra tempestad vivida por mí en el pasado. Con pequeñas variantes, durante los primeros cuatro días nuestro curso fue sudeste, y debimos haber costeado Nueva Holanda. Al quinto día el frío era tremendo, pese a que el viento había girado un punto hacia el norte. El sol nacía con una enfermiza coloración amarillenta y subía unos pocos grados sobre el horizonte, sin irradiar una decidida luminosidad. No había nubes en el horizonte y, sin embargo, el viento arreciaba y soplaba con furia despareja e irregular. Alrededor de mediodía —poco más o menos, porque solo podíamos adivinar la hora— volvió a llamarnos la atención la apariencia del sol. No irradiaba lo que con propiedad podríamos llamar luz, sino un resplandor opaco y funesto, sin reflejos, como si todos sus rayos estuvieran polarizados. Justo antes de hundirse en el mar turgente su fuego central se apagó de modo sorpresivo, como por arte de un poder inexplicable. Quedó reducido a un aro plateado y pálido que se sumergía de prisa en el mar infinito.

Esperamos en vano la llegada del sexto día —ese día que para mí no ha llegado y que para el sueco no llegó nunca—. A partir de aquel instante quedamos sumidos en una profunda oscuridad, a tal punto que no hubiéramos podido ver un objeto a veinte pasos del barco. La noche eterna continuó envolviéndonos, ni siquiera atenuada por la fosforescencia brillante del mar a la que nos habíamos acostumbrado en los trópicos. También descubrimos que, aunque la tempestad continuaba rugiendo con interminable violencia, ya no conservaba su apariencia habitual de olas ni de espuma con la que antes nos envolvía. A nuestro alrededor todo era horror, profunda oscuridad y un negro y sofocante desierto de ébano. Un terror supersticioso fue creciendo en el espíritu del viejo sueco, y mi propia alma estaba envuelta en una silenciosa perplejidad. Abandonamos todo intento de cuidar del barco, por considerarlo inútil, y nos aseguramos lo mejor posible a la base del palo de mesana, clavando con amargura la mirada en el océano inmenso. No habría forma de calcular el tiempo ni de adivinar nuestra posición. Sin embargo teníamos plena conciencia de haber avanzado más hacia el sur que cualquier otro navegante anterior y nos asombró no encontrar los cotidianos obstáculos de hielo. Mientras tanto, cada instante amenazaba con ser el último de nuestras vidas... olas enormes, como montañas se precipitaban para arrastrarnos. El oleaje sobrepasaba todo lo que yo hubiera imaginado, y fue un milagro que no zozobráramos a las primeras de cambio. Mi acompañante hablaba de la liviandad de nuestro cargamento y me recordaba las excelentes cualidades de nuestro barco; pero yo no podía menos que sentir la absoluta inutilidad de la esperanza misma, y me preparaba con tristeza para una muerte que, en mi opinión, nada podía retardar ya más de una hora, porque con cada nudo que el barco avanzaba el mar negro y tenebroso tomaba mayor violencia. Durante segundos jadeábamos para respirar, elevados a una altura superior a la del albatros... y otras veces nos mareaba la velocidad de nuestro descenso a un infierno acuoso donde el aire se estancaba y ningún sonido turbaba el sopor del "kraken"[20].

Nos hallábamos en lo más profundo de uno de esos abismos, cuando un repentino grito de mi compañero resonó espantosamente en la noche. "¡Mire, mire!" exclamó, chillando junto a mi oído, "¡Dios Todopoderoso! ¡Mire! ¡Mire!".

20 Criatura marina similar a un calamar o pulpo gigante.

Mientras hablaba descubrí el resplandor de una luz mortecina y rojiza que recorría los costados del inmenso abismo en que nos hallábamos, arrojando cierto brillo sobre nuestra cubierta. Al levantar la mirada, contemplé un espectáculo que me paralizó la sangre. A una altura impresionante, directamente encima de nosotros y al borde mismo del precipicio líquido, flotaba un gigantesco navío, de quizás cuatro mil toneladas. Pese a estar en la cresta de una ola que lo sobrepasaba más de cien veces en altura, su tamaño excedía el de cualquier barco de línea o de la compañía de Islas Orientales. Su grandioso casco era de un negro intenso y sucio y no lo adornaban los acostumbrados mascarones de los navíos. Una sola hilera de cañones de bronce asomaba por las portañolas abiertas, y sus relucientes superficies reflejaban las luces de innumerables linternas de combate que se balanceaban de un lado al otro en las jarcias. Pero lo que más estupor y perplejidad nos provocó fue que en medio de ese mar sobrenatural y de ese huracán ingobernable, navegara con todas las velas desplegadas. Al verlo por primera vez solo descubrimos su proa, y poco a poco fue alzándose sobre el sombrío y horrible torbellino. Durante un instante de intenso terror se detuvo sobre el vertiginoso pináculo, como si contemplara su propia majestuosidad, después se estremeció, vaciló y... se precipitó sobre nosotros.

En ese momento no sé qué repentino dominio de mí mismo surgió de mi espíritu. A los tropezones, retrocedí todo lo que pude hacia popa y allí esperé sin temor la catástrofe. Nuestro propio barco había abandonado por fin la lucha y se hundía de proa en el mar. Así pues, recibió el choque de la masa descendente en la parte ya sumergida de su estructura y el resultado inusitada fue que me vi lanzado con violencia irresistible contra los obenques del barco fantasma.

En el instante en que caí, la nave viró y se escoró, y supuse que la consiguiente confusión había impedido que la tripulación me descubriera. Me dirigí sin esfuerzo y sin ser visto hasta la escotilla principal, que se hallaba parcialmente abierta, y pronto encontré la oportunidad de esconderme en la bodega. No podría explicar el porqué de esta decisión. Quizás el principal motivo haya sido la indefinible sensación de miedo que, desde el primer instante, me provocaron los tripulantes de ese navío. No estaba dispuesto a confiarme a personas que a primera vista me producían una vaga extrañeza, duda y aprensión. Por lo tanto, consideré adecuado descubrir un escondite en la bodega. Lo conseguí moviendo una pequeña porción de la armazón, y así me aseguré un refugio idóneo entre las enormes cuadernas del buque.

Apenas había completado mi escondite cuando el sonido de pasos en la bodega me obligó a hacer uso de él. Junto a mi refugio pasó un hombre que avanzaba con pasos débiles y andar vacilante. No conseguí verle el rostro, pero tuve oportunidad de observar su apariencia general. Todo en él denotaba poca firmeza y una avanzada edad. Bajo el peso de los años le temblaban las rodillas, y su cuerpo parecía agobiado por una gran carga. Murmuraba en voz baja como hablando consigo mismo, pronunciaba palabras entrecortadas en un idioma que yo no comprendía y empezó a tantear una serie de instrumentos de aspecto extraño y de viejas cartas de navegación que había en un rincón. Su actitud era una extraña mezcla de la tozudez de la segunda infancia y la solemne dignidad de un Dios. Por último subió de nuevo a cubierta y no lo volví a ver.

* * *

Un sentimiento que no puedo explicar se ha apoderado de mi alma; es una sensación que no admite análisis, frente a la cual las experiencias de épocas pasadas resultan fuera de lugar y cuya clave, creo, no me será dada por el futuro. Para una mente como la mía, esta última consideración es un martirio. Sé que jamás, jamás, me daré por satisfecho con respecto a la naturaleza de mis conceptos. Y sin embargo no debe asombrarme que esos conceptos sean indefinidos, puesto que poseen su origen en fuentes totalmente nuevas. Un nuevo sentido... una nueva entidad se incorpora a mi alma.

* * *

Hace ya muchos años que recorrí la cubierta de este barco espantoso, y creo que los rayos de mi destino se están concentrando en un foco. ¡Qué hombres incomprensibles! Envueltos en meditaciones cuya especie no alcanzo a adivinar, pasan a mi lado sin notar mi presencia. Ocultarme sería una insensatez, porque esta gente no quiere ver. Hace pocos minutos pasé sin obstáculo frente a los ojos del segundo oficial; no hace mucho que me aventuré a entrar a la cabina privada del capitán, donde tomé los elementos con que ahora escribo y he escrito lo anterior. De vez en cuando continuaré escribiendo este diario. Es posible que no pueda encontrar la oportunidad de darlo a conocer al mundo, pero trataré de lograrlo. En el último instante, introduciré el mensaje en una botella y la arrojaré al mar.

* * *

Ha ocurrido un incidente que me trae nuevos motivos de meditación. ¿Ocurren estas cosas por fuerza de un azar sin gobierno? Me había aventurado a cubierta, donde estaba echado, sin llamar la atención, entre un montón de flechaduras y viejas velas, en el fondo de una balandra. Mientras cavilaba en lo singular de mi destino, mecánicamente cogí un pincel mojado en brea y pinté los bordes de una vela arrastradera cuidadosamente doblada sobre un barril a mi lado. La vela ha sido izada y las marcas irreflexivas que hice con el pincel se despliegan formando la palabra descubrimiento.

En los postreros días he realizado muchas observaciones sobre la estructura del navío. Aunque bien armado, no creo que sea un barco de guerra. Sus jarcias, construcción y equipo en general contradicen una hipótesis parecida. Logro percibir con facilidad lo que el navío no es, pero me temo no poder hacer lo propio con lo que es. Ignoro por qué, pero al observar su extraño modelo y la forma especial de sus mástiles, su enorme tamaño y su excesivo velamen, su proa severamente sencilla y su popa anticuada, de pronto cruza por mi mente una sensación de cosas familiares, y con esas sombras imprecisas del recuerdo siempre se mezcla la memoria de ancestrales crónicas extranjeras y de épocas remotas.

* * *

He estado analizando el maderamen de la nave. Ha sido construida con un material que me resulta desconocido. Las características especiales de la madera me dan la impresión de que no es apropiada para el propósito al que se la aplicara. Me refiero a su extrema porosidad, independientemente considerada de los daños perpetrados por los gusanos, que son una consecuencia de navegar por estos mares, y de la podredumbre provocada por los años. Tal vez la mía parezca una conjetura excesivamente extraña, pero esta madera posee todas las características del roble español, en el caso de que el roble español fuera dilatado por medios artificiales.

Al leer la frase anterior, recuerdo el apotegma que un viejo lobo de mar holandés repetía siempre que alguien ponía en duda su veracidad: «Tan seguro es, como que hay un mar donde el barco mismo crece en tamaño, como el cuerpo viviente del marino».

Hace una hora tuve la audacia de mezclarme con un grupo de tripulantes. No me prestaron la menor atención y, aunque estaba inmóvil en medio de todos ellos, parecían totalmente ignorantes de mi presencia. Lo mismo que el primero que vi en la bodega, todos daban señales de tener una edad avanzada. Les temblaban las rodillas achacosas, la decrepitud les inclinaba los hombros, el viento sacudía sus pieles arrugadas, sus voces eran quedas, trémulas y quebradas; en sus ojos brillaba el lagrimeo de la vejez y la tempestad agitaba con horror sus cabellos grises. Alrededor de ellos, por toda la cubierta, yacían desparramados instrumentos matemáticos de la más singular y anticuada construcción.

* * *

Anteriormente mencioné que había sido izada un ala del trinquete. Desde entonces, desbocado por el viento, el barco ha continuado su espantosa carrera hacia el sur, con todas las velas desplegadas desde la punta de los mástiles hasta los botalones inferiores, hundiendo a cada instante sus penoles en el más espantoso infierno de agua que pueda concebir la mente de un ser humano. Acabo de abandonar la cubierta, donde me resulta imposible mantenerme en pie, pese a que la tripulación parece hacerlo sin problemas. Me parece un milagro que nuestra enorme masa no sea de una vez por todas devorada por el mar. Sin duda estamos condenados a flotar indefinidamente al borde de la eternidad sin precipitarnos definitivamente en el abismo. Remontamos olas mil veces más gigantescas que las que he visto en mi vida, por las que nos deslizamos con la facilidad de una gaviota; y las aguas gigantescas alzan su cabeza por sobre nosotros como demonios de las profundidades, pero como demonios limitados a la simple amenaza y a quienes les está prohibido destruir. Todo me lleva a atribuir esta constante huida de la catástrofe a la única causa natural que puede producir ese efecto. Debo suponer que el barco navega dentro de la influencia de una corriente impetuosa, o de un poderoso mar de fondo.

* * *

Me he topado con el capitán cara a cara, en su propia cabina, pero, tal como esperaba, no me prestó la menor atención. Aunque para un observador casual no haya en su apariencia nada que pudiera diferenciarlo, en más o en menos, de un hombre común, la sorpresa con que lo contemplé me infundió un sentimiento de irrefrenable reverencia y de respeto. Tiene más o menos mi estatura, es decir, un metro setenta y tres centímetros. Su cuerpo es sólido y bien proporcionado, ni robusto ni especialmente notable en ningún aspecto. Pero es la singularidad de la expresión que reina en su rostro... es la intensa, la maravillosa, la emocionada evidencia de una vejez tan absoluta, tan extrema, lo que provoca en mi espíritu una sensación... un sentimiento difícil de olvidar. Su frente, aunque poco arrugada, parece soportar la huella de una gran cantidad de años. Sus cabellos grises son una historia del pasado, y sus ojos, todavía más grises, son adivinanzas del futuro. El suelo de la cabina estaba cubierto de extraños pliegos de papel unidos entre sí por broches de hierro y de arruinados instrumentos científicos y desusadas cartas de navegación. Con la cabeza apoyada en las manos, el capitán observaba con mirada inquieta un papel que supuse sería una concesión y que, quizás, llevaba la firma de un monarca. Murmuraba para sí, igual que el primer tripulante a quien vi en la bodega, palabras incomprensibles de un idioma extranjero, y aunque se encontraba muy cerca de mí, su voz parecía llegar a mis oídos desde una milla de lejanía.

El barco y todo su contenido están impregnados por el espíritu de la vejez. Los tripulantes se deslizan de aquí para allá como fantasmas de siglos ya pasados; sus miradas reflejan inquietud y angustia, y cuando el extraño resplandor de las linternas de combate ilumina sus dedos, siento lo que no he sentido nunca, pese a haber comerciado toda mi vida en antigüedades y absorbido las sombras de columnas caídas en Baalbek, en Tadmor y en Persépolis, hasta que mi propia alma se convirtió en una ruina.

Al mirar a mi alrededor, me avergüenzan mis anteriores aprensiones. Si temblé ante la ráfaga que nos ha perseguido hasta ahora, ¿cómo no aterrorizarme ante un asalto de viento y mar para los cuales las palabras tornado y simún resultan ligeras y sin valor? Alrededor del navío reina la negrura de la noche eterna y un caos de agua sin espuma; pero cercanas a una legua a cada lado de nosotros alcanzan a verse, oscuramente y a intervalos, gigantescas murallas de hielo que se alzan hacia el cielo desierto y que se asemejan a las paredes del universo.

Como imaginaba, el barco, sin equivocación alguna, se encuentra en una corriente; si así se puede llamar con propiedad a una marea que, aullando y chillando entre las blancas paredes de hielo, se precipita hacia el sur con la velocidad con que cae una catarata.

Estoy seguro de que es totalmente imposible concebir el horror de mis sensaciones; sin embargo, la curiosidad por penetrar en los misterios de estas regiones horribles predomina sobre mi desesperación y me reconciliará con la más odiosa apariencia de la muerte. Está claro que nos precipitamos hacia algún conocimiento apasionante, un secreto imposible de compartir, cuyo descubrimiento lleva en sí la aniquilación. Tal vez esta corriente nos lleve hacia el mismo Polo Sur. Debo confesar que una hipótesis en apariencia tan extraña tiene todas las probabilidades de ser cierta.

La tripulación recorre la cubierta con pasos angustiados y vacilantes, pero en sus semblantes la angustia de la esperanza supera a la apatía de la desesperación.

Mientras tanto, continuamos navegando con viento de popa y, como llevamos todas las velas desplegadas, por algunos instantes el barco se eleva sobre el mar. ¡Oh, horror de horrores! Súbitamente el hielo se abre a derecha e izquierda y giramos con velocidad de vértigo en inmensos círculos concéntricos, rodeando una y otra vez los bordes de un gigantesco anfiteatro, el ápice de cuyas paredes se pierde en la oscuridad y la profundidad. ¡Pero me queda poco tiempo para meditar en mi destino! Los círculos se estrechan velozmente... nos precipitamos alocadamente en la vorágine... y entre el rugir, el aullar y el atronar del océano y de la tempestad el barco se resquebraja... ¡Oh, Dios!... ¡Se hunde...!

El retrato oval

El castillo en el cual mi criado se había atrevido a entrar a la fuerza en lugar de permitirme, por desgracia herido como me encontraba, pasar una noche a la intemperie, era uno de esos edificios mezcla de grandeza y de melancolía que durante tanto tiempo erigieron sus orgullosas frentes en medio de los Apeninos, tanto en la realidad como en la imaginación de la señora Radcliffe. Según podía verse, el castillo había sido recientemente abandonado, aunque de forma temporal. Nos instalamos en una de las habitaciones más pequeñas y menos lujosamente amuebladas. Estaba situada en una torre aislada del resto del edificio. Su decorado era rico, pero vetusto y extraordinariamente deteriorado. Los muros se encontraban cubiertos de tapicerías y adornados con numerosos trofeos heráldicos de toda clase, y de ellos pendían un número ciertamente importante de pinturas modernas, ricas de estilo, encerradas en magníficos marcos dorados, de gusto arabesco. Me produjeron profundo interés, y quizá mi incipiente delirio fue la causa, aquellos cuadros colgados no solo en las paredes principales, sino también en una porción de rincones que la arquitectura caprichosa del castillo hacía inevitable; hice que Pedro cerrase los pesados postigos del salón, pues ya eran altas horas de la noche, que encendiese un gran candelabro de muchos brazos colocado al lado de mi cabecera, y abriera totalmente las cortinas de negro terciopelo, guarnecidas de festones, que rodeaban el lecho. Lo hice así para poder, al menos, si no reconciliaba el sueño, distraerme alternativamente entre la contemplación de estas pinturas y la lectura de un pequeño volumen que había encontrado sobre la almohada, en que se criticaban y analizaban los cuadros.

Leí durante bastante tiempo; contemplé las pinturas religiosas devotamente; las horas transcurrieron, rápidas y silenciosas, y llegó la media noche. La posición del candelabro me molestaba, y extendiendo la mano con dificultad para no turbar el sueño de mi criado, lo coloqué de forma que cayera la luz de lleno sobre el libro.

Pero este movimiento produjo un efecto del todo inesperado. La luz de sus numerosas bujías dio de pleno en un nicho del salón que una de las columnas del lecho había hasta entonces cubierto con una sombra profunda. Vi envuelto en viva luz un cuadro que hasta entonces se me había pasado por alto. Era el retrato de una joven ya formada, casi mujer. Lo contemplé un instante y cerré los ojos. ¿Por qué? No me lo expliqué al principio; pero, en tanto que mis ojos permanecieron cerrados, analicé con premura la causa que me los hacía cerrar. Era un movimiento involuntario para ganar tiempo y recapacitar, para asegurarme de que mi vista no me había engañado, para sosegar y preparar mi espíritu a una contemplación más fría y más serena. Al cabo de algunos instantes, volví a mirar fijamente la pintura.

No era posible dudar, aun cuando lo hubiese querido; porque el primer rayo de luz al caer sobre el lienzo, había desvanecido el asombro delirante de que mis sentidos se hallaban poseídos, haciéndome volver súbitamente a la realidad de la vida.

El cuadro representaba, como ya he dicho, a una joven. Se trataba sencillamente de un retrato de medio cuerpo, todo en este estilo que se llama, en lenguaje técnico, estilo de viñeta; había en él mucho de la manera de pintar de Sully en sus cabezas favoritas. Los brazos, el seno y las puntas de sus radiantes cabellos, se perdían en la sombra vaga, pero profunda, que servía de fondo a la imagen. El marco era oval, preciosamente dorado, y de un hermoso estilo morisco. Tal vez no fuese ni la ejecución de la obra, ni la singular belleza de su fisonomía lo que me impresionó tan repentina y profundamente. No podía creer que mi imaginación, al salir de su locura, hubiese tomado la cabeza por la de una persona viva. Sin embargo, los detalles del dibujo, el estilo de viñeta y el aspecto del marco, no me permitieron dudar ni un solo momento. Abismado en estas reflexiones, permanecí una hora entera con los ojos fijos en el retrato. Aquella inexplicable expresión de realidad y vida que al principio me hiciera estremecer, acabó por esclavizarme. Lleno de terror y respeto, volví el candelabro a su primera posición, y habiendo así apartado de mi vista la causa de mi profundo nerviosismo, me apoderé ansiosamente del volumen que contenía la historia y descripción de los cuadros. Busqué inmediatamente el número correspondiente al que marcaba el retrato oval, y leí la sorprendente y singular historia siguiente:

"Era una joven de excepcional belleza, tan graciosa como amable, que en mala hora amó al pintor y se desposó con él. Él tenía un carácter apasionado, estudioso y austero, y había puesto en el arte sus amores; ella, joven, de extrañísima belleza, toda luz y sonrisas, con la alegría de una gacela, amándolo todo, no odiando más que el arte, que era su rival, no temiendo más que la paleta, los pinceles y demás instrumentos fastidiosos que le arrebataban el amor de su amado. Terrible impresión causó a la dama oír al pintor hablar del deseo de retratarla. Mas era humilde y abnegada, y se sentó pacientemente, durante largas semanas, en la lúgubre y alta habitación de la torre, donde la luz se filtraba sobre el pálido lienzo únicamente por el cielo raso. El artista cifraba su gloria en su obra, que adelantaba de hora en hora, de día en día. Y era un hombre apasionado, extraño, introvertido y que se perdía en mil ensueños; tanto que no se daba cuenta que la luz que penetraba tan sombríamente en esta torre aislada secaba la salud y los encantos de su mujer, que se consumía para todos excepto para él. Ella, sin embargo, sonreía más y más, porque veía que el pintor, que disfrutaba de gran fama, experimentaba un vivo y ardiente placer en su obra, y trabajaba noche y día para trasladar al lienzo la imagen de la que tanto amaba, la cual de día en día se volvía más pálida y demacrada. Y, en verdad, los que contemplaban el retrato, comentaban en voz baja su semejanza maravillosa, prueba irrefutable del genio del pintor, y del profundo amor que su modelo le inspiraba. Pero, al fin, cuando el trabajo tocaba a su término, no se permitió a nadie entrar en la torre; porque el pintor había llegado hasta la demencia por el calor con que tomaba su trabajo, y levantaba los ojos rara vez del lienzo, ni aun para mirar el rostro de su esposa. Y no podía darse cuenta que los colores que extendía sobre el lienzo se borraran de las mejillas de la que tenía sentada a su lado. Y cuando muchas semanas hubieron transcurrido, y no quedaba por hacer más que una cosa muy pequeña, solo dar un toque sobre la boca y otro sobre los ojos, el alma de la dama palpitó todavía, como la llama de una lámpara que está próxima a extinguirse. Y entonces el pintor dio los toques, y durante un momento quedó en éxtasis ante el trabajo que había realizado. Pero un minuto después, estremeciéndose, palideció intensamente herido por el terror, y gritó con voz terrible: "¡En verdad, esta es *la vida* misma!" Se volvió repentinamente para mirar a su amada: *¡Estaba muerta!*"

Silencio

—Pon atención —dijo el Demonio, apoyando la mano en mi cabeza—. La región de la que hablo es una siniestra región en Libia, a orillas del río Zaire. Y allá no hay ni calma ni silencio.

Las aguas del río están teñidas de un color azafranado y enfermizo, y no desembocan en el mar, sino que siempre palpitan bajo el ojo purpúreo del sol, con un movimiento tumultuoso y agitado. A lo largo de muchas millas, a ambos lados del fangoso lecho del río, se extiende un pálido desierto de enormes nenúfares. Suspiran entre sí en esa soledad y proyectan hacia el cielo sus largos y pálidos cuellos, mientras inclinan a un lado y otro sus cabezas eternas. Y un rumor indistinto se levanta de ellos, como el correr del agua subterránea. Y se afligen entre sí.

Pero su reino posee un límite, el límite de la oscura, horrible, majestuosa floresta. Allí, como las olas en las Hébridas, la maleza se agita sin cesar. Pero ningún viento surca el cielo. Y los altos árboles ancestrales oscilan eternamente de un lado a otro con un potente eco. Y de sus altas copas se filtran, gota a gota, rocíos eternos. Y en sus raíces se retuercen, en un convulso sueño, extrañas flores venenosas. Y en lo alto, con un agudo sonido susurrante, las nubes grises se desplazan por siempre hacia el oeste, hasta rodar en cataratas sobre las ígneas paredes del horizonte. Pero ningún viento surca el cielo. Y en las orillas del río Zaire no hay ni calma ni silencio.

Era de noche y llovía, y al caer era lluvia, pero después de caída se convertía en sangre. Y yo me encontraba en la marisma entre los altos nenúfares, y la lluvia caía en mi cabeza, y los nenúfares se quejaban entre sí en la solemnidad de su aislamiento.

Y de improviso la luna se levantó a través de la fina niebla sepulcral y su color era carmesí. Y mis ojos descubrieron una enorme roca gris que se alzaba a la orilla del río, iluminada por la luz de la luna. Y la roca era tétrica, y alta. En su faz había caracteres grabados en la piedra, y yo anduve por la marisma de nenúfares hasta aproximarme a la orilla, para leer los caracteres en la piedra. Pero no puede descifrarlos. Y me volvía a la marisma cuando la luna brilló con un rojo más intenso, y al volverme y mirar otra vez hacia la roca y los caracteres percibí que decían: DESOLACIÓN.

Y miré hacia arriba y en lo alto de la roca había un hombre, y me oculté entre los nenúfares para vigilar lo que hacía aquel hombre. Y el hombre era alto y majestuoso y estaba cubierto desde los hombros a los pies con la toga de la antigua Roma. Y su silueta era indistinta, pero sus facciones eran las facciones de una divinidad, porque el manto de la noche, y la luna, y la niebla, y el rocío, habían dejado al descubierto las facciones de su rostro. Y su frente era alta y pensativa, y sus ojos brillaban de preocupación; y en las escasas arrugas de sus mejillas leí los síntomas de la tristeza, del cansancio, del disgusto de la humanidad, y el deseo de permanecer solo.

Y el hombre se sentó en la roca, apoyó la cabeza en la mano y contempló la magnitud del desierto. Miró los inquietos matorrales, y los altos árboles primitivos, y más arriba el susurrante cielo y la luna roja. Y yo me mantuve al abrigo de los nenúfares, vigilando las acciones de aquel hombre. Y el hombre tembló en la soledad, pero la noche transcurría y él continuaba inmóvil en la roca.

Y el hombre distrajo su atención del cielo y dirigió la mirada hacia el melancólico río Zaire y las amarillas, siniestras aguas y las pálidas legiones de nenúfares. Y escuchó los lamentos de los nenúfares y el murmullo que se originaba en ellos. Y yo me mantenía oculto y observaba las acciones de aquel hombre. Y el hombre tembló en la soledad, pero la noche seguía y él seguía sentado en la roca.

Entonces me sumí en las profundidades de la marisma, vadeando a través de la soledad de los nenúfares, y llamé a los hipopótamos que habitan entre los pantanos en las profundidades de la marisma. Y los hipopótamos escucharon mi llamada y vinieron con los behemot[21] al pie de la roca y rugieron sonora y espantosamente bajo la luna. Y yo me mantenía oculto y observaba las acciones de aquel hombre. Y el hombre tiritó en la soledad, pero la noche proseguía y él continuaba sentado en la roca.

Entonces maldije los elementos con la maldición del malestar, y una terrible tempestad se congregó en el cielo, donde

21 Bestias demoníacas mencionadas en la Biblia.

antes no había viento. Y el cielo se volvió lívido con la violencia de la tempestad, y la lluvia azotó la cabeza del hombre, y las aguas del río se desbordaron, y el río agitado se cubría de espuma, y los nenúfares alzaban clamores, y la floresta se desmoronaba ante el viento, y rodaba el trueno, y caía el rayo, y la roca vacilaba en sus cimientos. Y yo me mantenía escondido y observaba las acciones de aquel hombre. Y el hombre tiritó en la soledad, pero la noche seguía y él continuaba sentado.

Entonces me puse furioso y maldije, con la maldición del *silencio,* el río y los nenúfares y el viento y la floresta y el cielo y el trueno y los suspiros de los nenúfares. Y quedaron malditos y reinó el silencio. Y la luna cesó de trepar hacia el cielo, y el trueno murió, y el rayo no tuvo ya luz, y las nubes permanecieron inmóviles, y las aguas bajaron a su nivel y se estacionaron, y los árboles dejaron de balancearse, y los nenúfares ya no gimieron, y no se oyó más el murmullo que nacía de ellos, ni la mínima sombra de sonido en toda la extensión del desierto ilimitado. Y miré los caracteres de la roca, y habían cambiado; y los caracteres anunciaban: SILENCIO.

Y mis ojos se posaron sobre el rostro de aquel hombre, y su rostro estaba pálido. Y súbitamente alzó la cabeza, que apoyaba en la mano y, poniéndose de pie en la roca, escuchó. Pero no se percibía ninguna voz en todo el extenso desierto ilimitado, y los caracteres sobre la roca decían: SILENCIO. Y el hombre tembló y, desviando el rostro, huyó a toda velocidad, hasta que dejé de verlo.

Así pues, existen muy hermosos relatos en los libros de los Magos, en los melancólicos libros de los Magos, encuadernados en hierro. Allí, digo, existen preciosas historias del cielo y de la tierra, y del potente mar, y de los Genios que gobiernan el mar, y la tierra, y el majestuoso cielo. También había mucho conocimiento en las palabras que pronunciaban las Sibilas, y santas, santas cosas fueron escuchadas antaño por las sombrías hojas que temblaban en torno a Dodona. Pero, tan cierto como que Alá existe, digo que la fábula que me contó el Demonio, que se sentaba a mi lado a la sombra de la tumba, es la más pasmosa de todas. Y cuando el Demonio finalizó su historia, se dejó caer en la cavidad de la tumba y rio. Y yo no pude reír con él, y me maldijo porque no lo hacía. Y el lince que eternamente mora en la tumba salió de ella y se tendió a los pies del Demonio, y lo miró sin pestañear a los ojos.

Sombra
Una parábola

Sí, aunque avanzo por el valle de la Sombra.
Salmo de David, XXIII

Ustedes los que leen aún están entre los vivos, pero yo, quien escribe, hace mucho tiempo habré penetrado en la región de las sombras. De verdad ocurrirán ciertas cosas y se entenderán cosas secretas, y pasarán muchos siglos antes de que otros hombres vean este documento. Y cuando lo hayan visto, existirán quienes no crean en él, y habrá otros que lo pondrán en duda, y unos pocos encontrarán razones para pensar frente a las letras aquí talladas con un carácter de hierro.

El año había sido un año de pavor y de emociones más fuertes que el terror, para las cuales no hay calificativo sobre la tierra. Pues habían sucedido muchos milagros e indicaciones, y muy lejos y en todas partes, en el mar y en la tierra, se abrían las alas negras de la peste. Para todos los versados en la sabiduría estelar, los cielos mostraban una cara siniestra, y para mí, el griego Oinos, entre otros, estaba claro que ya había triunfado la conjunción de aquel año 794, en el cual, a la llegada de Aries, el planeta Júpiter queda en conjunción con el anillo rojo del pavoroso Saturno. Si no me equivoco demasiado, el especial espíritu celeste no solo se manifestaba en el espacio físico de la tierra, sino en las almas, en la fantasía y en las reflexiones de la humanidad.

En una oscura ciudad de nombre Ptolemáis, en un ilustre palacio, una noche nos encontrábamos siete de nosotros frente a los vasos del vino rojo de Chíos. Y no existía otra entrada a nuestra habitación que una gran puerta de bronce, y dicha puerta había sido elaborada por el artesano Corinnos y, por ser de raro valor, se cerraba desde adentro. En el sombrío edificio, negras cortinas aislaban la luna, las brillantes estrellas y las solitarias calles de nuestra visión, y el augurio y la memoria del mal no podían ser obviados. Estábamos cercados por cosas que no puedo explicar de otra manera, eran cosas materiales y espirituales, lo pesado de la atmósfera, el sentimiento de ahogo, de angustia y por encima de todo, ese espantoso estado de la existencia que alcanzan los seres sensibles cuando sus sentidos están afinadamente vivos y despiertos, mientras las facultades permanecen adormecidas. Un peso muerto nos abrumaba. Descendía sobre los cuerpos, los muebles, los vasos en que bebíamos, todo aquello que estaba a nuestro alrededor cedía ante la depresión y se aplastaba, todo, menos el fuego de las siete lámparas de hierro que alumbraban nuestro desenfreno. Se alzaban en altas y finas líneas de luz, seguían ardiendo, leves y serenas y en el espejo que producía su resplandor en la redonda mesa de ébano en la cual nos sentábamos, cada uno observaba la lividez de su propio rostro y el nervioso brillo en las derrotadas miradas de sus compañeros. No obstante, nos reíamos y nos entusiasmábamos a nuestra manera —llena de histeria—, y entonábamos las canciones de Anacreonte —llenas de demencia—, y bebíamos cuantiosamente, aunque el rojo vino nos recordara la sangre. Porque en aquella habitación estaba otro de nosotros en el ser del joven Zoilo. Yacía muerto y amortajado, tumbado cuan largo era, genio y demonio del drama. ¡Él no formaba parte de nuestro júbilo! pero su aspecto alterado por la plaga, y sus ojos, donde la muerte solo había sosegado a medias el ardor de la pestilencia, parecían atender nuestra alegría, como, a lo mejor, los muertos se interesan por la alegría de aquellos que van a morir. Pero aunque yo, Oinos, podía sentir que los ojos del muerto se fijaban en mí, me exigía a no apreciar la amargura de su expresión. Y mientras observaba fijamente las depresiones en el espejo de ébano, cantaba en voz alta y armoniosa las canciones del hijo de Teos.

Sin embargo, mis canciones se fueron silenciando poco a poco y sus ecos, hundiéndose entre las sombrías cortinas de la habitación, se debilitaron hasta tornarse inaudibles y se apagaron del todo. Y entonces, de aquellas tétricas cortinas, donde se hundían los sonidos de la canción, se desprendió una oscura e indeterminada sombra, una sombra como aquella que la luna podría sacar del cuerpo de un hombre cuando está baja, pero esta no era la sombra de un hombre o de un dios, tampoco de ninguna cosa conocida. Y, después de vibrar un instante entre las cortinas de la habitación, quedó finalmente, a plena vista sobre la superficie de la puerta de bronce. Pero la sombra era vaga y amorfa, sin definición, y repito, no era la sombra de un hombre o de un dios, ni un dios de Grecia, ni un dios de Caldea, ni un dios egipcio. Y la sombra se inmovilizó en la entrada de bronce, bajo el arco de la puerta, y sin moverse y sin decir nada, permaneció quieta. Y la puerta donde estaba aquella sombra, si recuerdo bien, se levantaba frente a los pies del amortajado joven Zoilo. Pero nosotros, los siete allí reunidos, al ver cómo la sombra surgía desde las cortinas, no osamos contemplarla de lleno, sino que bajamos nuestros ojos y vimos fijamente las profundidades del espejo de la mesa de ébano. Y finalmente, yo, Oinos, susurrando en voz muy queda, le pregunté a la sombra cuál era su morada y cuál era su nombre. Y ella contestó: "Yo soy SOMBRA, y mi morada está al lado de las cavernas de Ptolemáis, y cerca de las tenebrosas planicies de Clíseo, que rodean el infecto canal de Caronte".

Y entonces los siete nos alzamos aterrorizados y nos quedamos temblando de pie, agitados y demacrados, porque el timbre de voz de la sombra no era el timbre de un solo ser, sino el de un conjunto de seres que modificando sus cadencias de una sílaba a otra, penetraban tenebrosamente en nuestros oídos con los timbres familiares y muy recordados de miles y miles de amigos muertos.

Índice